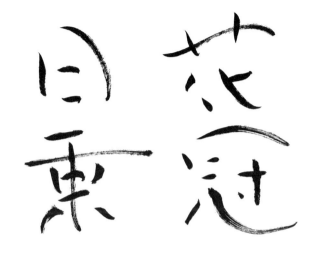

野村喜和夫

朝岡英輔＝写真

小島ケイタニーラブ＝音楽

白水社

目次

ブックデザイン　奥定泰之

花冠日乗

雨の日々には、きみの武器の手入れをするがよい
                    ──ルネ・シャール

I　未知の波濤

1

誰が私のなかでざわめいているのだ
おまえはおまえの不安を駆れ
と誰が
私のなかで

2

静かにしてくれないか、ひとひとりが終わろうとしているのだ
という声もどこかから聞こえてきて

隣の半島からミサイルが飛んでくるとか
だから
それを迎撃するシステムを宗主国から導入しなければならないとか
いつのまにこの国は、こんなに物騒になったのだろう
と思っていたら
今度は毒のある花冠がやってきた
正式名
COVID-19

3

合歓の木の木陰で
ほろびゆく言語を話す最後の人々もいる
ということにも、静かに思いを寄せるべきだったのに
天使に愛された画家の夢を

しっとりと菫のように咲かせるため
雨の日は森に行こう
と促す声もきこえてきていた
のに

世界の隠された意味なんかない？
たぶんそうだ、その証拠に
毒のある花冠が
やってきたのだろう
みえないまま、しかしその脅威は隠れもない

——あなたはひと月後のいまの時刻にどこに確実にいると思いますか？
——たぶんここに、反復されるここに。
——確実という言葉に適当な比喩をそえて下さい、たとえば「鉄のように」確実とか、「岩のように」確実とか。
——そうですね、惑星の裏手で待つ未知の波濤のように確実、というのはどうでしょう。

3月9日
蓬摘みが恋の始まりへとつづいていた
はるかな昔を思いながら

4
散歩に出る
世田谷の
区画整理されていない住宅街は
まるで迷路を行くよう

でも気づいてしまう
たわむれているのは私ではなく道だ、未知だ、みえないまま
損なわれた生があちこちにころがっている
半分は私として
うつほ
うつろぎ

3月14日
スペインに滞在中のきみから
LINEで
コロナ感染が当地で急速に拡大したため
あす緊急帰国することにします、とメッセージ

イメージとしてはむしろ、高く蹴り上げてしまいたいんだよね
どうせ統御できないのなら
それを
ラグビーボールみたいに、高く高く

最後の西日が
ビル壁にあたって
せつな、その灼けた鉄のような反射光が
私の頬を染める

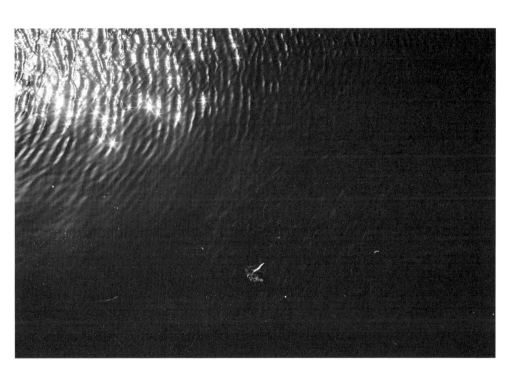

未知の波濤

II　青い花ネモフィラ

5
花冠？　コロナは花冠？
光冠ではないか
と問われて、でも私はウイルスに光という属性を与えたくない

6
おまえはおまえの不安を駆れ
世田谷の
迷路のような街から街へ、抜け道へ、この先行き止まりへ
ほかに何ができるだろう
毒のある花冠が世界を覆ってしまったのだ
北沢川緑道の
人工の川べりの
風にふるえる、青い花ネモフィラ

3月27日
おまえはおまえの不安を駆れ
世田谷の
赤堤の
とある教会の掲示板に
新型コロナウイルスは終末の予言のひとつでしょうか
とあった、たしかにウイルスはすべてを
初期化してしまうかもしれない
旧約の大洪水のように

馬鹿な
ウイルスは予言しない
ただ狂ったようにおのれを複製するだけだ

7
深夜、テレビを消し
ネットへの接続も断って
詩の言葉だけ呼び寄せようとすると
そのとき、毒のある花冠も私から遠く退いてくれている
かのようだ

8
さかのぼるが
3月6日
愛犬ガブリエル旅立つ

だがいまも霊獣ルーアッハとなって
深夜、私を護るように
家のまわりをまわっている、みえないが
遊星のように、錆びた自転車
薔薇のための土
らとともに

3月31日
告別の儀式も許されないまま
世界中で

枢が発ちつづけている

——あなたにとって確実であっては困ることをひとつ挙げるとしたら？
——ここが反復されるここではなくなること。
——その理由は？
——だってここが反復されなければ、惑星の裏手で待つ未知の波濤もなくなってしまうでしょう。

4月7日
政府から緊急事態宣言が発令された
戦後初めて
毒のある花冠に誘われて
国家がその姿を剝き出しにしたというべきか

9
と同時に、いまや私はひとりではない
私のなかの誰かが
いたずらに不安におののき、ざわめいているのだ
耳鳴りとパスワードと
肉の穂のそよぎと、私たちもまた
剝き出しの生

青い花ネモフィラ

24

Ⅲ　岩石は笑う

10
きみは言う
みて、あれ怖い、電子顕微鏡に映し出された色付きの
新型コロナウイルスのあの画像
怖い
たしかに、蛋白質だっけ、花冠内部の赤とそれを縁取る油脂の殻の青と
その対照が毒々しいね
でもなぜ青？　青は天空の色ではないか

11
スーパームーンが浮かぶ夕刻
散歩に出た
地上にもまるく大きく弧を描くように
明大前から下高井戸へ、下高井戸から赤堤の住宅街を通って経堂へ
パチンコ屋やカラオケボックスのネオンがむなしく輝いている
なかに客はいないのだろう
外出自粛要請

自粛？　むしろ軟禁だ
毒のある花冠によって私たちは
自分自身を軟禁してしまったのだ

12
またべつの声

閉じこもることは楽しい
構造的には船でしょうね、波濤から
完璧にまもられて、でもそのノイズはきこえてくる
それでいいんじゃないですか
だって、その慰撫の内圧がいつか船を破砕するでしょうから
それまでの
果てしない揺籃の冬

でも私の頭のなかで
糸のようなひとが激しく外出を希求している
慰撫なんか要らない
慰撫なんか

──「確実なものはひとつもないから生きていける」という言葉をどう思いますか？
──その通りだと思います。死刑囚のことを考えれば、それはあきらかでしょう。死刑囚にとって、刑が執行されるという圧倒的に確実な将来があり、それだけがあり、したがって原理的には彼はもうすでに生きていけないわけです、それなのに生きている、つまり生きているのに、死ぬがままになっている。
──死ぬがままになっている？
──生政治ですね。

4月8日
もう葉桜だ
すべてが止まってしまったような
先が見通せない不安の現在

だけが突出しているような、奇妙な時間の宙吊りのなかで

生きるか死ぬかです
私たち

プルトニウムに佛性ありや
とフクシマ第一のカタストロフィーを問うた友人の哲学者に
ウイルスにも佛性はあるでしょうか
とメールを送る

13
6番炭素
38番ストロンチウム
115番ウンウンペンチウムそして
岩石の淋しさ
とうたった詩人がいた
いま岩石に私の駆る不安は映らない、むしろ笑う
岩石は笑う、しかしこれも誰かの詩のなかになかったか
と思いつつ静かに羽根木公園を
抜ける

カタストロフィーなのに、コナラの木が淡くみどりに芽吹いてきた
カタストロフィーなのに、クスノキのきらきらした黄金色の
若い照葉が美しい、さあ私も
そよそよとうたの朧を在らしめて？

岩石は笑う

34

IV 声音の腐葉土

14
コロナによって私は自分自身を軟禁してしまったので
いや、主客を入れ替えよう
コロナが私を軟禁してしまったので
私はますます詩人でしかない

ということは、がらんとしたきょうの私に
あすの誰かが入り込み
私の内なる壁を、海老や太陽が跳梁する
なにやら稚拙な黙示録的素描で埋め尽くそうとしている

15
ときあたかも4月、どうしてもエリオットの「荒地」を思い出す
—— 4月はもっとも残酷な月、死んだ土から
ライラックを目覚めさせ……

すべて覚醒は残酷だ、とろとろと土中の眠りがつづけばよかったのに
きびしい発芽と生長へと駆り立てられる
たとえば私の不安

4月10日
八重のヤマブキがいま盛りだよと
写真を添えて、ヤマブキの好きなきみにLINEで伝える

16

梅が丘をすぎ

松陰神社から駒沢オリンピック公園まで歩く

お目当てはドッグラン、走る犬たちを見ればいくらか心が和むだろう

途中いくつもの学校のそばを通ったが

校庭に子供たちの姿はなく

ついに辿り着いたドッグランも

閉鎖されていた

もともとウイルスは

ヒトの遺伝子の一部が外部に飛び出したようなもの

であり生物と無生物のあいだのような奇妙な存在

だという、つまり細胞がなく宿主から宿主へと渡り歩く

ことによってしか生きられない、だからウイルス

にとって感染とは帰巣本能のようなものだ

ヒトもつい受け入れてしまう

奇妙な戦いだ

中央広場

風の余白に墨の飛沫が走って

それが私の詩だ

17

帰路に就く

西へ伸びる世田谷通りの奥の空が

おそろしいほど発赤している

以前私は、夕映えを

ボクサーの腫れたまぶたのような、とシミリしたことがあったけれど

──もう一度、「確実なものはひとつもないから生きてゆける」という言葉をどう思いますか？
──もう一度、その通りだと思います。確実なものはひとつもない、それはつまりたくさんの未知があるということでしょうから、その未知に向かってここが反復され、私は生きていくことができるのです。

4月13日
私のなかの誰かがおののき、ざわめいているのだ
日々の東京の新規感染者数に

ああ生きるか死ぬかです
私たち

4月15日
月ごとの静岡新聞読者文芸欄詩部門の選評を書く
水野満尋さんの作品の
どこまでも澄んだ青い空に少年期の夢、消年の季、キ、キキ
危機、キ、えっ？　気、狂い──というような
音韻の連鎖による言葉の自由な結合は
まるでウイルスそのものであり、いや、ウイルスを擬態することによって
まるでウイルスを追い払おうとしているかのようです
悪魔払いとしての言葉
それこそ詩にほかなりません

18
そこでもう一度
風にふるえる、青い花ネモフィラ
と書いて、その下は声音の腐葉土？　私は晴れやかに痙攣する
ふるえるからネモフィラへ、hとfとrの音韻が連鎖して
悪魔払いの呪文となったのだ、たぶん

私は晴れやかに痙攣する

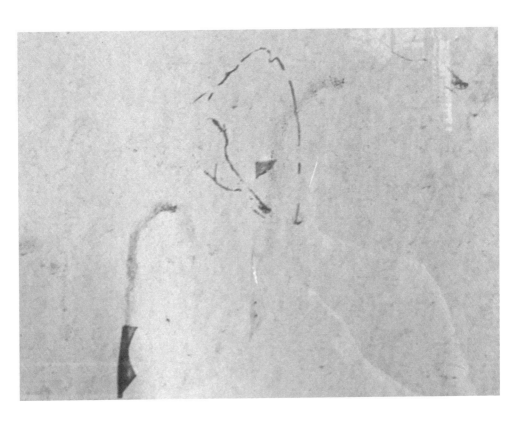

声音の腐葉土

Ⅴ　とりどりの DEAD HEAD

19
繰り返そう、コロナが私を軟禁してしまったので
私は内界が外界だ

非理
剝かれて

きみと連れ立っての
反芻
夢遊系の
薄明の路傍は
どうしてこうも名前の知らない花ばかりつづくのだろう
果てに私たちの
とりどりの DEAD HEAD
陶酔とは、なおその骨の隙間から流れ出る音楽の絹
でもあろうか

4月16日
東邦大学大橋医療センター脇
向こうから歩いてくる若いカップルから、戦時中だよな俺たち
と聞こえ

20
花冠よ、毒のある花冠よ

ほんとうに私たちは、戦闘状態にあるのだろうか

とあるブログで
ウイルスの言い分を聴く
——人類のみなさん、どうかわたしを責めないでください
わたしはあなたがたよりも岩石や藻のように古く
またいつもあなたがたとともにあったのです
わたしがいまおもてにあらわれたのは
ただむやみにあなたがたを殺すためではありません
もしそうしたら、わたしの居場所もなくなってしまいます
わたしのほんとうのミッションは
あなたがたと共生しつつ、あなたがたに
生きるとはどういうことか考え直してほしいということ
こんな利潤と効率の追求ばかりが
あなたがたの欲望の真実なのでしょうか

21
馬鹿な
ウイルスは何も語らない
ウイルスを騙って、ヒトの思想がざわめいているだけだ

4月17日
歴程の同人たちにメールを送る
——この世界については、おまえが去ったあとどうなるのか
いずれにせよ、ひとつとして今ある姿ではないだろう
というランボーの謎めいた章句を添えて

――それにしても、ここが反復されてゆく、とは？
――ずれてゆくということです。反復は同一性を保証しません。幾度か反復されるうちに、ここがこことはまったくちがう場所になってしまうかもしれません。
――えっ？　新型コロナウイルスがコピーミスを繰り返しながら変異してゆくみたいに？
――もうやめませんか、そういうシミリ。

4月19日
梅が丘の
みえない川のうえの
古事記橋から、渋谷まで長征する
でもなぜ古事記？　地元の知人に問い合わせたら
乞食の語呂合わせでしょう

22
渋谷は道玄坂から
人っ子一人いないゴーストタウンのような百軒店の歓楽街をのぞく
入院を余儀なくされた日
詩人吉岡実はその百軒店の奥のストリップ小屋に赴き
見納めの「膣状陥没点」を脳裏に焼き付けた

花はみな性器なのだ
アラーキーの花の写真集がなかったか
帰宅して書斎をさがす

だってその陥没点から、分刻みに私たち

この世に、庇護もなく裸で放り出され、分刻みに私たち
四方八方から、未知の
全く馴染みのないものらに取り囲まれ
小突き回され
キズ燦々
でもそれが人間の始原的状況
だとすれば、幸いなるかな
その始原を
いま私たちは毒のある花冠によって取り戻したのだ

とりどりの DEAD HEAD

VI 空隙がふえる

23
軟禁され？　放り出され？
いったいどっちがリアルなんだ

さかのぼるが
3月21日
帰国者ゆえの自主隔離に身を置くきみは
家でひとりフラメンコのレッスンを再開する
〽家で踊ろう、という脱力系の歌がYouTubeで流れ
さらにそれをBGMに、自宅ソファで寛ぐ首相の動画が流れて不評を買った
より少し前だ

4月19日
生垣から私の肩へ
コデマリの白い花が雪崩れてくる

24
近づくな
触れるな
語り合うな

じゃあ、皮膚はどこへ行くの？
私のなかの誰かが問う
人間にとって逆説的にもっとも深い部位だよね、皮膚って

そして皮膚と皮膚を触れ合わせつつ
そこに魂を生じさせ、移動させる生きもの
それが私たちだというのに

近づくな、触れるな、語り合うな

だからこれからは
空隙がふえるのだ
ひとではなく、ひとのひととの空隙が意味深いのだ
そこに花冠を沈ませるため
空隙はふえ、空隙は育ち
だが私の脳では
間違ってひとが空隙に空隙がひとに成り変わってしまう
ひとという空隙から
空隙というひとから
なおもうっすらと肉の頭があらわれ
竹、竹、竹
のようにあらわれ

朔太郎？　スペイン風邪が大流行したのはちょうど百年まえ
詩人アポリネールはそれで命を落とした
花冠
切られた首

――ところで、何を根拠に「私は確実に死ぬ」といえるのですか、確かめ
たわけではないのに？
――たしかに、他者によってのみ私の死は確かめられます、自分では確か

められないのに、私は確実に死ぬ、この絶対矛盾に耐えられるでしょうか。

25
ふとヴィスコンティの映画『ベニスに死す』を思い出す
マーラーがモデルだという主人公が
疫病の蔓延する廃墟のような街をさまよい
最後は恍惚と
恍惚と？

4月21日
私はみた
一茎のヒメムカシヨモギが
死後硬直のように陽に許されてあるのを

26
大絶滅とは
私たちが死に絶えたあとの地表を
なおうっすらと陽は射し
ヒトの大きさの虫が這いすすむのがみえる
虫は救われて、羽を光沢ある聖書のようにひろげる

空隙はふえ、ふるえ
おお、青い花ネモフィラ

私とは叫びが
微粒子のざわめきとして絶えず耳の底に充満している
きれっきれの、沸騰しつづける臨床

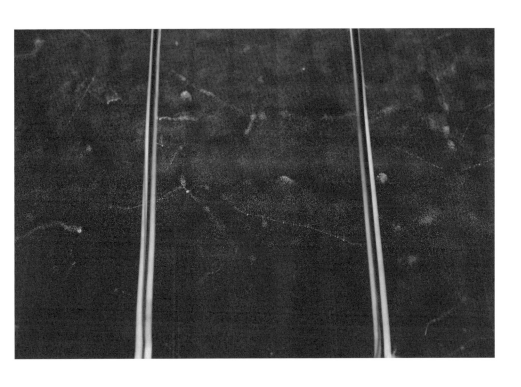

空隙がふえる

Ⅶ　軟禁ラプソディ

27
夜中に台所でぼくはきみに話しかけたかった
とは、半世紀まえの
谷川俊太郎の詩集のタイトル
しかし私もいま、誰彼かまわず話しかけたくてたまらない
そう、黄金週間へと
ますますコロナが私を軟禁してしまったので

コロナが私を軟禁してしまったので
ディストピア研究、ディストピア探訪

コロナが私を軟禁してしまったので
むかし読んだ漫画『AKIRA』全6巻を並べて午睡する

コロナが私を軟禁してしまったので
小説『わたしを離さないで』を読んで不思議な切なさをおぼえる

コロナが私を軟禁してしまったので
映画『アウトブレイク』を観たつもりになって戦慄する

コロナが私を軟禁してしまったので
ゾンビというのは、あれはまあ、おおむね感染症のメタファーですね

でもどんなディストピアSFも

毒のある花冠に覆われたいまここのリアル
には及ばない

28
繰り返そう、コロナが私を軟禁してしまったので
ほらまたちがう鳥が来ている

コロナが私を軟禁してしまったので
記憶の遠さに海があふれる

コロナが私を軟禁してしまったので
なぜ乳房なぜふたつ

コロナが私を軟禁してしまったので
そうだ毛虫を焼こう

コロナが私を軟禁してしまったので
私は扁桃体がボヤだ

コロナが私を軟禁してしまったので
老年が断崖のように輝く

コロナが私を軟禁してしまったので
胸郭に思惟の猿を招き入れる

コロナが私を軟禁してしまったので
耳の底の侏儒に逆メソッドヨガさせる

コロナが私を軟禁してしまったので
夜の青い犀とぶつくさオンラインで懺悔し合う
懺悔？

コロナが私を軟禁してしまったので
祈りの芽のあわあわと挙句どこかで羽化の音がする
羽化？

コロナが私を軟禁してしまったので
さあせめて窓を開け放ち途端キラキラとどこからか尿
尿？

29
コロナが私を軟禁してしまったので
コロナが私を軟禁してしまったので
コロナが？　ちがうような気もする
主語はコロナでも私でもなく、コロナをも私をも包み込む何か
を2乗して3倍のコロナの影に加えたもの
から私を引いた残り
かもしれない

ついでに
世界十大小説のひとつ
メルヴィルの『白鯨』でも読もうかと思いつつ
とりあえず軟禁を破り散歩だと
羽根木公園から梅ヶ丘駅を掠め小田急線高架下を抜けようとしたら

なんと白鯨整骨院
とあるではないか

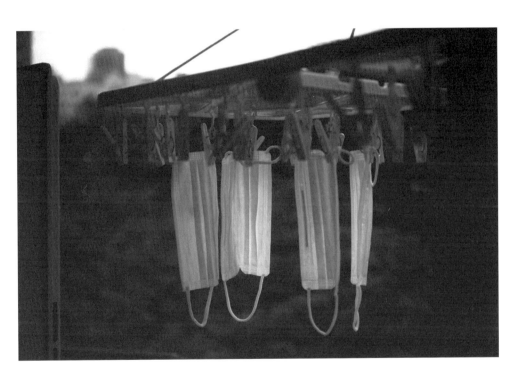

軟禁ラプソディ

Ⅷ　光年の雫

30
不安ではなく恐怖ではないのか、おまえが駆り立てているのは
とまた誰が
私のなかで

空の青でさえ
じっと眺めていると
なんだか静謐すぎて、無音の青いノイズで満ちているようで
こっちが狂ってしまいそうだ
青は恐怖の色
かもしれない

5月7日
大学でのオンライン授業始まる
悲しからずや
ひとひとりの終わりがZoomなんか操作して迷い込む非身体情報系
叫んでも誰も来てくれない

31
さかのぼって
4月21日
新型コロナウイルスは終末の予言のひとつでしょうか
と掲示板にあった教会を再訪してみると
すでに文言は取り払われていた

道すがら、たわむれに
ねえメシア
と呼びかけてみる

32
ねえメシア
あなたの到来
という未来のある時点を仮想してそこに現在が収斂してゆく
というような時間意識は
もはや私たちのものではない
未来がなくなったその分だけ現在がせりあがり
水ならぬ灰のさざ波のように、果てしもなくひろがってゆく

——逆に、他者がいなければ「私の死」が確かめられることもない？
「私」は永遠のなかに生きる？
——そう。無から無へと、その中間を経ずに渡ればよかった、つまり生ま
れなければよかった、ということになります、母よ、私の消去をなせ、二
度ともう私をひり出すな。

非理
剝かれて

世田谷の
果ての隘路に失われる糸のようなひと

33
ねえメシア
夕焼け領という美しい言葉が
誰かの詩にあったように思う
夕焼けもまたひとつの終末であるとするなら
夕焼け領とは

終末が終末のまま美しく囲い込まれている修辞の王国の別名
でもあろうか、詩の別名
でもあろうか

4月24日
女優の岡江久美子さん、新型コロナウイルスによる肺炎で死亡
きょうの日乗はこの報道文のような一行だけ

34
でも
ねえメシア
毒のある花冠が去ったあと
世界はどうなるのだろう、旧約の通りなら
大洪水によって世界は初期化され、神との契約の虹が架かる
対してランボーの「大洪水の後」の通りなら
虹が架かるそばから、汚れた大通りには肉屋とか店々がそそり立ち
キャラバンは出発し、極地にまで豪華ホテルが建てられる
かくて世界は元の木阿弥
となって、あらたな大洪水をねがう呪文が響きわたる

それでも夕焼け領は
十分に美しいというべきだろうか

4月23日
深夜、春の大三角を仰ぎ
アルクトゥルスから届いた光年の雫を飲む
きりもなく飲む

光年の雫

IX　さまよひの街のわたくしは

35
毒のある花冠は奪う、惜しみなく奪う
肉を踊らせたあの騒擾の記憶も
サキソフォンの優美な曲線も
いまは遠い
でも母なる言語だけは残る、残るだろう
たとえまあたらしい廃墟のような街に放り出されたとしても

36
さかのぼるが
半年ほどまえ
私は『短歌往来』という雑誌の求めに応じて
つぎのような詩を寄稿したことがあった、旧仮名遣いで
母なる言語への思い入れたっぷりに

さまよひの街のわたくしは
あの角を曲がれば
と思ふことがありました
風が不意に強くなつたり蜂起が匂つてゐたり
ナジャに似た女性があらはれたり
しないものか
あるいは悲鳴

さまよひの街のわたくしへ

悲鳴が
彗星の尾のやうに
だがけふあの角を曲がると
誰に悲鳴は引き取られてゐたのでせうか
無音の喉の
繁みのみ
あはく光つてゐました
炎症性の壁の亀裂のあたりからは
砂礫のやうな無の日付のやうなあれが噴き出し
追はれるやうにわたくしは
もう一度角を左へ

さまよひの街のわたくしを
おもてに
つぎつぎと痕跡たち
終はりのあれの痕跡たちが還るかのやう
誰ここは誰の
死後なのか
わたくしは大声で叫びました

花冠よ、毒のある花冠よ
半年もまえに私はおまえたちの到来を予感していた
ということになるのだろうか、まさか
誰ここは誰の死後

37
花冠よ、毒のある花冠よ

おまえたちによって
私たちも魔法にかけられたように動けなくなって
スキャン、発熱のため、スキャン、きれぎれの息のため
転じてヘヴン、ハナニラの低い繁み

5月9日
ふとヒエロニムス・ボスの
《快楽の園》の
透明な球体に閉じ込められた裸の男女のことを思う
マドリードのプラド美術館で、きみと一緒に観たことがあったね
でも彼らはなぜ閉じ込められたんだっけ？　神の罰？

——ボクラハ愛シ合ウ、罌粟ト記憶ノヨウニ
誰？　誰の声？

38
さかのぼって
4月25日
下北沢から代沢の住宅街のアップダウンを過ぎて
駒場野公園というところに出た
近代農学発祥の地
の樹間から、木管の音が洩れてくる
なんとファゴットを吹いているひとがいるのだ
音は楽器に戻れオーケストラに戻れ
私は穴をあけられて在りたい、風がそこを吹き渡るだろう

でなければ、きみに伝えたい何かを探して

94

私はなおもひとり歩く
たとえばひっそりと粥のような疲労のひろがりのなかで
夜の舗道を横切る猫の
ヘヴン、ひとすじの光のような跳躍
ためらいとは無縁な
あれだよあれ

さまよひの街のわたくしは

X　青よ渡れ

39
あれだよあれ、とびきりのイメージ
とは欲望である
私とは欠損
がイメージを求めて外に出ようとしているのに
コロナはどんな欲望もひとしく遮断し、根こぎにしてしまう
たまさか訪れるかもしれない死への恐怖
というそれだけの理由で

40
移動してはならない、律動してはならない、眩暈してはならない
すると私のなかのいちばん濃密な私が
半分消え、ゼリー状幽霊だ

4月27日
毒のある花冠に
政治の貧困が加担する
人々は飢えたり、行き倒れたり、勉学をあきらめたり
私もずっとフリーランスでやってきたので
干上がってしまいそう

ゼリー状幽霊だ、イタリアの病院では
姥捨行為まで行われたらしい
ひとつしかない人工呼吸器を冷徹に医師が

もう十分に生きた高齢者からまだ将来のある患者に付け替えたのだ
不条理とは
条理が条理すぎること

——生まれたこと自体が災厄なら、このコロナも怖くない？
——そのはずなんですが、じっさいは怖い、どうしようもなく怖い。私を
ひり出すにあたって、母のほうに何か設計ミスでもあったんですかね。

4月29日
井の頭通りを西へ
浜田山まで歩いた
雑木林を創出したすてきな公園があるよ
ときみに伝え、神田川に沿って戻ってくると
上空にはいつも送電線が
神田川の右になり左になりながら、しかし離れてしまうことはない

41
夕映えに立つ送電塔
その下に静かな災厄がひろがっている
のか、街景は何ひとつ変わらないのに、私たちのうちで
いっそ災厄にヘヴンとルビを振り、なぜヘヴン、ハナニラの低い繁み
繁みのなかの誰も彼もひとりへと捩れて

会いたい人に会えないと訴えるひと
体内時計が狂いやすくなったと訴えるひと
私の主訴は
もう十分に生きた

とこの歳になっても言えないこと

5月3日
公園を走る女は美しい
女のうえを青あらしが吹き荒れている
梢から梢へと、そのあたりでは光まで荒れ騒いでいる
ようにみえる

42
そしてようやくわかった、ひとひとりの終わりは
眼だけ残って
野生となる
ので、何ひとつ見てはいない
むしろ向こうから飛び込んでくるのだ
石のひかり、蜥蜴のひかり、葉むらのひかり
さえずりさえもひかりの楔となって
遠い文字の兆しとなって

43
いつだったかのウイルスの言い分に
きみは反論する、コロナは皮肉しかもたらさないよ
利潤と効率という悪しき欲望の一元化による富の集中や格差の拡大
を諫めるはずだったのに、犠牲者の多くは弱者貧者だもの

青よ渡れ
きみが怖がる毒のある花冠の画像から
風にふるえるネモフィラへ、ネモフィラからさらに

川面のカワセミの背へ
青よ渡れ

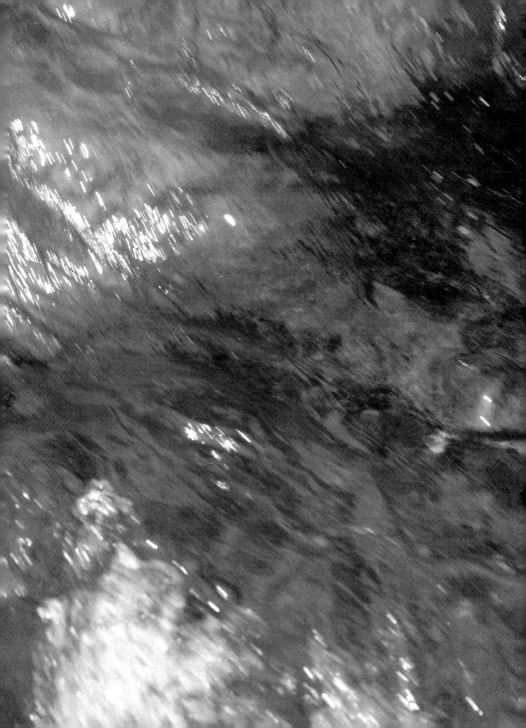

青よ渡れ

111

XI　非馥郁と

44
最後はそして
ひりひりとひかりの繊細なほつれのなかを

45
迎えるといいよ、とまた誰か、青ならぬ灰の
苦しげな戦意のかけらは
非馥郁と
たたまれて
私たちの誰彼の肺胞へと送り込まれてくるんだ
毒のある花冠になんかいつだって先駆して先駆して先駆して

５月７日
緊急事態宣言が延長された

不意の大粒の雨が
大原二丁目交差点付近
通り雨だろう、西の方では空の青が顔をのぞかせ
ヤコブの梯子も現象する

46
専門家によれば、ワクチンが開発されなければ
人的被害を最小にしつつ、集団としての免疫を獲得していくこと
それしかこの感染症の最終的な収束の道はないらしい

来てもいいよ花冠
ときみも言う、でもどうか私たちからはほんのすこし離れて
そしてオセロの黒が白にひっくりかえるみたいに
花冠の陽性者が増えるといいな

陽性？　詩人の頭のなかには、幼生もあれば妖精もいるよ

毒のある花冠に促されて
街にはいきいきと無人のやすらぎのあふれのようなもの
あるいはこの世の外へとつづくめずらかなキノコの行列のようなもの
初夏なのにあきらかにキノコキノコキノコのような

5月12日
豚のスペアリブを買ってきて塩漬けにする
しかるのち、軽くソテーして玉ねぎとにんにくの褥（しとね）のうえに乗せ
牛乳を注いで蒸し煮する
ように
遊べ遊べ水の母
のまぼろしの背の動悸をほどきことほぎ

──設計ミス？　アンドロイドみたいですね。最後に、いつか死ぬこと
と、いま生きていることと、どちらが確実ですか？
──いつか死ぬこと。それは追い越すことのできない絶対的な可能性です
から。そこに決然と先駆して現在を危機的に生起させないかぎり、いま生
きていることはきわめて不確実な、ぼんやりと過ぎ去る事象にすぎません。
──ハイデガー？

あらゆる問いは問いの無化を孕んでいる
だから入眠し、うつくしく歳を重ねた初恋の女と触れ合う
二人でこれからデュエット
するのだ、その私も問いだから無化に晒され
タカマガハラマラ、キラキラヒカル、イドボイド
いまや彼らの居留地がこの私だ

47
そしてついに
5月14日
駒沢給水塔への道

キラキラヒカル
歩行の果て、不意にあらわれた
そこだけ赤錆びたような古いどっしりした塔
驚くべきことに、案内板に
かつては丘上の王冠塔と呼ばれていた
とある、つまり私は毒のある花冠に導かれてここまで来たのだ
非馥郁と
導かれて

イドボイド、内部はがらんどう
20年まえ、許されて私はその塔の下を歩きまわり、詩について語った
詩もまたうつくしいひとつの廃墟ですね
詩人はそのまわりをただぐるぐるとまわるだけ
と語った、あれから幾星霜

48

タカマガハラマラ

眼をつむると、私だけのなつかしい塔

花冠と組み合って、食い潰し合って、とろとろと崩れてゆく

その瓦礫から

黒揚羽が飛び立っていった

ひりひりとひかりの繊細なほつれのなかを

非馥郁と

XII　ヒヤシンスの紫

49
夢？　無観客のピアノリサイタルになぜか居合わせている
痩身のピアニストからきらびやかな音のシャワーが私の全身に降り注ぎ
恐れやおののきのいっさいを洗い流してゆく
嘘だろう？　演奏が終わり外に出ると雨まじりの曇天

さかのぼるが
ヤコブの梯子から地上の砂礫に
ふと眼を落とすと
もう薔薇だ、薔薇が咲いてしまっている
真紅のビロードの肉を重ね、看護師のひるがえる白衣を集めて
それらもまた剥き出しの何か
だろうか

5月11日
世田谷通りから分岐した道を辿ると
いつのまにか、卵管の奥みたいな？　この先行き止まり
に強制終了させられてしまう
尽き果て
杣道でいえば、林間の空地のようなところに出てしまうのだ
思惟の猿も明るむ？

5月15日
むき出しの岩になりたや雷雨浴び

鬼房

50
そう、剥き出しの私たちには
もしかしたら油脂の殻さえないかもしれない
ただの細胞の塊としてころがり
スキャン、どこかべつの星にいるような強烈な光を浴びて
叫びを上げ、あるいは沈黙に口を歪め、涙も出ないでいる私たち

夕刻7時、環七の方南町歩道橋から
医療従事者への感謝のしるしに
青くライトアップされた都庁舎のツインタワーが見える

出口はあるのだろうか
ない、たぶん
ここ自体が非常口なのだ、未来永劫にわたって
ヘヴン、非常口なのだ

51
だからだろうか、毒のある花冠が去り始めた
近いうちまた来るよ
と不気味に突起をひらめかせながら

──いつか死ぬことと、いま生きていることと、どちらが確実か、もう一
度、自分の言葉で答えてくれませんか。
──いつか死ぬことと、いま生きていることと、どちらもひとしく確実で
あり、不確実です、仏たちの顔もウイルスを縁取る花冠も、ヒヤシンスの

紫に如かないのですから。

5月22日
誰？　雲に夕映えが反射してターナー
の画面のような、その柔らかくも不穏な光の層に
おまえが駆る不安もいくらか輪郭をぼかし、溶け入ってゆくようだ
と誰が

代わりに時間はふたたび流れを取り戻し
整序され始めた
秋のフラメンコ舞踊公演に向けて、きみもようやく動き出す

52
尽き果て、という言葉がまた浮かぶ
私もまた何かの尽き果て
がどこまでもどこまでも岬のように伸びてゆくのだ
岬？　陸へとめくり返され
ああもう産道でも参道でもいい、尽き果ての
うつくしい狭窄のなか、私も逆立ちしてダンスダンスしたいよ
バッカスの滓かかえ
弥勒のフルフル吹きはらし

5月28日
豪徳寺付近で
不意の驟雨に襲われたあと
虹に出会った、なつかしい友のような虹に
あるいは空へとまよい出た未知の波濤のきれはし

130

世田谷線の踏切を越え
<ruby>梟<rt>ふくろう</rt></ruby> 焙煎研究所にいたる路上
崇高ともいうべき、とてつもなく大きなクスノキの近くで

53
さかのぼるが
5月25日
緊急事態宣言が解除された

バッカスの滓かかえ、弥勒のフルフル吹きはらし

ヒヤシンスの紫

花冠日乗ノート
未知の読者のために

はじめに

　東京における新型コロナウイルスの感染拡大が予感された２月下旬の頃だったろうか、「おまえはおまえの不安を駆れ」といった声が内心に響き始めたのは。不安を駆るために、ということはつまり駆って不安を紛らわすために、私は散歩を始めた。もともと散歩が好きで、というか、散歩は私の動く仕事場ともいうべきもので、詩作と切り離せない。家にじっとしているかぎり、私の場合何も詩的エクリチュールは始まらないので、とにかく散歩に出るのである。そういうふだんの散歩と区別するために、不安を駆るためのこの散歩を、「コロナ散歩」と名づけよう。政府・行政側からは、感染拡大防止のため不要不急の外出は避けるようにとすでに言われ始めていたので、まさにその不要不急の極みのような散歩だが、私にとっては緊急かつ必要欠くべからざる行為であった。

　コロナ散歩は、雨でも降らないかぎりほぼ毎日、午後遅くから夕刻にかけて行われた。私は世田谷区羽根木というところに住んでいるので、そこを起点に、時間にして２時間から３時間、世田谷区をメインに、しかし全方位的に歩く。毎日日替わりで、西へ進めば、町名でいえば松原から赤堤、経堂方面。南へ下れば、梅ケ丘から世田谷、駒沢、三軒茶屋方面。東へ進めば、下北沢から代沢、駒場（目黒区）、上原（渋谷区）方面。北へ上れば、大原から笹塚（渋谷区）、方南（中野区）、永福（杉並区）方面。目的地は定めない。例外的に駒沢オリンピック公園のドッグランや駒沢給水塔をめざしたりした日はあったが、原則、でたらめに行ってでたらめに折り返し、でたらめに戻ってくる。原則、電車やバスなどは利用しない。

　しかし、コロナ散歩といえども、あるいはコロナ散歩だからこそ、インスピレーションは降りてきて、詩のかけらが湧いた。そういうときには私は立ち止まり、手帳を開いてメモを取った。帰宅してパソコンに向かい、メモを元に詩作を始める。結局の

ところ、どうあっても散歩と詩作は私において一体である。周知のようにヴァレリーは散文を歩行に、詩を舞踊にたとえたが、そのようにダンスするところの詩の母胎は歩行なのである。

今般のコロナパンデミックが世界史に大きな変化をもたらすのは間違いない。そういう時代にたまたま居合わせた詩人として、コロナ危機を生きた証を残したいと私は思った。といっても、無謬の俯瞰的立場から偉そうな情勢論を打つのも、また逆に、俗情と結託したようなベタな感想を垂れ流すのも、ひとしく詩人にふさわしくない。むしろ「ヒデリノトキハナミダヲナガシ／サムサノナツハオロオロアルキ」と書いた賢治のひそみにならって、コロナ禍のなかをただおろおろ歩くだけで十分だ。

なお、『花冠日乗』の初出は、白水社の「webふらんす」。朝岡英輔（写真）、小島ケイタニーラブ（音楽）とのコラボレーションというかたちをとり、2020年4月30日から7月16日まで、毎週木曜日に更新し、全12回が連載された。

I　未知の波濤

すでに述べたように、コロナ散歩を促すべく私の耳に響いてきたのは、「おまえはおまえの不安を駆れ」という声であった。内心の声には違いないが、いたずらに不安をおぼえているような私を、そんな私は昔ならいなかったはずだと、もうひとりの私が驚いて眺めている、というふうだ。じっさい、この新型コロナウイルスによる感染症は、高齢者や基礎疾患のある人により高い重症化や死亡のリスクをもたらすが、私も、気づいたらもう立派に高齢者だし、おまけに、高血圧という基礎疾患をも抱えているのである。不安を駆る主たる理由は、そうした私個人の年齢的身体的事情に求められるだろうが、そればかりとも言えない。詩人としての私に、なおほかのさまざまな不安の声が流れ込んできてもいるのだった。何はともあれ、そうしたいまここから『花冠日乗』は始まる。日付は3月中旬。武漢株のウイルスは一応抑えられていたが、欧米由来のウイルスが帰国者を通じてもたらされ、ひそかに感染拡大が兆していた時期であった。

1

「誰が私のなかで」——つまり私のなかにはもう一人の私、あるいは誰か他人がいるということだが、こういうアイデンティティの分裂あるいは複数性をいきなり持ち出し、しかもそれを「不安」という概念に結びつける書き出しには、もしかしたらフェルナンド・ペソアの『不安の書』を読んだ記憶が働いているかもしれない。いや、『不安の書』の雰囲気は、『花冠日乗』全体にうっすらと及んでいるような気さえする。ペソアは20世紀ポルトガルの隠れた大詩人。いくつもの異名によって作品を書き分けたことで名高いが、病跡学的には、解離性人格障害、いわゆる多重人格であったとされる。『不安の書』自体、リスボン在住の帳簿係補佐ベルナルド・ソアレスという異名者の書き記した断章という設定だし、その本文中にも、「もうずいぶん前から私は私ではない」「私があらゆることを想像できるのは、私が無だからだ」「私はもはや自分のものではない。私は、打ち捨てられた博物館に保存された私の断片なのだ」というようなフレーズが散見される。ただ、ペソアの「不安」は、もはや自己のアイデンティティをかつての「我思う、ゆえに我あり」のようには保てなくなった現代人の実存的不安であり、とくにこれといった破局的状況に向き合ってのものではなかった。

2

「ひとひとりが終わろうとしているのだ」——ひとひとりとはほぼ私のこと。ちなみに私はいま68歳。ひと昔まえまでなら、もうとっくに人生を終えてもおかしくない年齢である。とくに詩人はおおむね世を去るのが早く、夭折した立原道造や中原中也はもとより、大成した詩人でも、北原白秋57歳、萩原朔太郎56歳、三好達治63歳。戦後はさすがに寿命が伸びたが、石原吉郎62歳、鮎川信夫66歳、岡田隆彦57歳、渋沢孝輔68歳、辻征夫60歳という例もある。それはともかく、私自身、ひとひとりの終わりのプロジェクトとして、水火土風という、いずれ私もそこに還元されてゆくであろう四大元素をめぐる予習的な夢想とエクリチュールを思い描いていた矢先の、降ってわいたようなコロナ禍であった。

「隣の半島からミサイルが飛んでくるとか」—— 2と3は、部分的に、2016年頃に読売新聞に発表した詩「LAST DATE 付近」からの自己引用を含んでいる。当時は北朝鮮が盛んにミサイル実験を行っていたが、驚いたのは、それに過剰反応した日本の政府や地方自治体が、アラートと称して避難訓練を繰り返していたことだ。まるですにでも半島からミサイルが飛んでくるかのように。それは驚きを通り越して滑稽に

すら見えた。あとになって知ったことだが、ビル・ゲイツだったか、将来の脅威はミサイルよりもウイルスであると予見していたらしい。

「毒のある花冠」──言うまでもなく、新型コロナウイルスのこと。「コロナ」は王冠、転じて皆既日食のときに生じる太陽の光冠のことだが、あえて「花冠」にした理由は5に記した通り、新型コロナウイルスに光という属性を与えたくなかったから。しかも、「花冠」としたことによって、『花冠日乗』全体に通奏するフローラ、つまり野の花、庭の花たちとのおぞましいアナロジーが組織される。

　3
「合歓（ねむ）の木の木陰で／ほろびゆく言語を話す最後の人々もいる」──私の作り話ではなく、どこかでそういう記事を読んだはずであるが、もはやそれを探し出すことができない。グローバル化の中で、年々いくつもの地域言語が消えていくというのは、よく聞く話である。もしも新型コロナウイルスが、行き過ぎたグローバル資本主義への警鐘、いや弔鐘という象徴的意味をもつなら、「ほろびゆく言語」はそのウイルスとひそかな共同戦線を張っているのかもしれない。

「天使に愛された画家の夢を／しっとりと菫（すみれ）のように咲かせるため／雨の日は森に行こう」──『花冠日乗』連載第一回を読んでくれた知人から、この画家はパウル・クレーですね、と感想があった。じっさい、クレーの絵には天使がよく出てくる。とくに、カタストロフィーとの関連では、ベンヤミンが「歴史の概念について」で引き合いに出した「新しい天使」が名高い。そのベンヤミンの文章は難解だが、素晴らしく詩的で暗示に富む。引用しておこう。

　　「新しい天使（アンゲルス・ノーヴス）」と題されたクレーの絵がある。それにはひとりの天使が描かれていて、この天使はじっと見詰めている何かから、いままさに遠ざかろうとしているかに見える。その眼は大きく見開かれ、口はあき、そして翼は拡げられている。歴史の天使はこのような姿をしているにちがいない。彼は顔を過去の方に向けている。私たちの眼には出来事の連鎖が立ち現われてくるところに、彼はただひとつの破局（カタストローフェ）だけを見るのだ。その破局はひっきりなしに瓦礫のうえに瓦礫を積み重ねて、それを彼の足元に投げつけている。きっと彼は、なろうことならそこにとどまり、死者たちを目覚めさせ、破壊されたものを寄せ集めて繋ぎ合わせたい

のだろう。ところが楽園から嵐が吹きつけていて、それが彼の翼にはらまれ、あまりの激しさに天使はもはや翼を閉じることができない。この嵐が彼を、背を向けている未来の方へ引き留めがたく押し流してゆき、その間にも彼の眼前では、瓦礫の山が積み上がって天にも届かんばかりである。私たちが進歩と呼んでいるもの、それがこの嵐なのだ。

（『ベンヤミン・コレクション 1』浅井健二郎訳）

　瓦礫はただの過去の遺物としてあるのではない、「歴史の天使」によってその全体が凝視されるならば、未来へと向けられた潜勢力として、これもベンヤミン的な用語を使うなら、星座化（＝コンステラツィオーン）されるためにある——というふうに解釈できるとしても、まだ掬いきれない何かがあるような、そういう文章だ。

　またこの数行には、あとで気づいたことだが、私自身の詩「菫の探求」（詩集『ZOLO』所収、2009）が反映しているかもしれない。私はすでにこう書いていた——「私たちはもう、菫を見に行こう、／戦争やウイルスで死ぬこともあるし、／／いつだって眼は、／すごく晒されている、／／四月十日、こまかな雨のなか、／私たちはもう、菫を見に行こう」。

　「——あなたはひと月後のいまの時刻にどこに確実にいると思いますか？……」——この問答のパートは、『現代詩手帖』2020 年 6 月号小特集「石原吉郎からの七つの質問」からの転用である。以下の「花冠日乗」にしばしば織り込まれる問答パートも同様（ただし、割愛したり、逆に大幅に加筆したり、初出にはなかった問答を追加したりしてある）。

　この春、『現代詩手帖』編集部は、生前の石原吉郎が 1970 年代——ということは晩年だが——に作成した「詩人たちへの質問状」を入手した。以下がその全文。

　No.1　あなたはひと月後のいまの時刻にどこに確実にいると思いますか。
　No.2　確実という言葉に適当な比喩をそえて下さい。たとえば「鉄のように」確実とか、「岩のように」確実とかいったぐあいに。
　No.3　あなたにとって確実であっては困ることを一つ。その理由。
　No.4「確実らしい」という表現と「不確実だ」という表現は、どちらかがはっきりしていますか。その理由。
　No.5「確実なものはひとつもないから生きてゆける」ということばをどう思いま

すか。

No.6 なにを根拠に「私は確実に死ぬ」といえるのですか。（確かめたわけでもないのに）

No.7 いつか死ぬことと、いま生きていることは、どちらが確実ですか。

　いかにも石原吉郎的な質問というほかないが、非日常が日常になり、もっとも不確実なものがもっとも確実なものとなった石原のラーゲリ体験は、うっすらと、現在のコロナ危機を生きる私たちにも通じるところがあるのではないか。おそらく編集部もそう考えて、あらためて現在の詩人たちにも回答させようと、件の小さな特集を組んだのであろう。そして私もその回答者の一人に選ばれたというわけである。ただ私の場合、この問答は、『花冠日乗』への織り込みにおいて、いつの間にか私自身のなかで行われる内的対話へと変容したようだ。

　なお、私の回答の「ここに、反復されるここに」という言い方は、奇妙といえば奇妙である。なぜふつうに、「同じこの場所にいるでしょう」と答えないのか。理由は、「反復」という概念の強調にある。詳しくは本文の21、およびノートの8と21を参照されたい。

　また、確実性の比喩として挙げた「惑星の裏手で待つ未知の波濤」とはなんだろう。繰り返し襲ってくることが確実なウイルスのことでしょう？　と解釈してくれた読者もいたが、そうとも言いきれない。遠く「惑星の裏手で待つ」のだから、「未知の波濤」はむしろもっとも不確実かもしれないし、そのように撞着語法的に書くことによって、私はたんに質問者を煙に巻こうとしただけなのかもしれない。ひどい回答者だ。

　「蓬摘みが恋の始まりへとつづいていた／はるかな昔」──『万葉集』巻1冒頭、「籠もよ　み籠持ち　ふくしもよ　みぶくし持ち　この岡に　菜摘ます児　家告らな　名告らさね……」（雄略天皇）へのリンク。「菜」は蓬のことではないだろうけれど。『万葉集』は私の枕頭の書のひとつで、ときおりは万葉仮名原文を参照しつつ読み、眩惑される。というのも、たとえば「み籠持ち」の万葉仮名原文は「美籠母乳」で、眺めていると、音写で伝える動詞「持ち」の意味に、母、乳房、ミルクといった漢字本来の意味が忍び込んできて、イメージが重層化してしまうのだ。そのあたりのことを、当時の作者あるいは筆記者はどの程度意識していたのだろうか。

4

「うつほ／うつろぎ」——こうした古語は私の詩にしばしば登場する。「萌える未知のアシカビ」(「葦牙」)など。すぐには意味を補足されないこと、響きがなんとなく蠱惑的であること、などがその理由である。「うつほ」とは中が空洞になっていること。「うつろぎ」とはそのような木。

II　青い花ネモフィラ

　3月下旬、新型コロナウイルス——武漢株のではなく、おそらく、それが変異したヨーロッパ株のウイルス——の感染拡大が日本でも本格化し、やたら横文字を使いたがる東京都知事が、オーバーシュート(感染爆発)やロックダウン(都市封鎖)の可能性を匂わせたりして、緊張感が一気に高まった。そこから緊急事態宣言が出るまでのおよそ十日間は、コロナ散歩もまさにカタストロフィーへの予感に満ちて、「オロオロアルキ」の度合いを高めていったが、そんななか、散歩の途中で青い花ネモフィラを発見した。白水社編集部の杉本さんはそれを「詩人の象徴ですね」と読み取ってくださった。そうか、詩人がその弱い力のエネルギーを解放するときのふるえ、その象徴がネモフィラだ。以来、ネモフィラの青は、新型コロナウイルスの花冠の青とはるかにアナロジーの関係を結んで、この長篇詩の基調となった。
　コラボレーションについて言えば、「I　未知の波濤」の小島さんのピアノ曲は、力強さと繊細さが入り混じるような音のテクスチャーが魅力的で、とりわけ、たえずつきまとう不協和音が、私の「おまえはおまえの不安を駆れ」という示導動機的フレーズを音楽的に増幅してくれているように思われた。また、朝岡さんの写真も、モノクロによる光と影の交錯が、動画でもないのにモアレ模様さながら刻一刻と動いているようで、それも「おまえはおまえの不安を駆れ」の視覚形象たり得ているだろう。詩と音楽と写真のコラボは、まずはこのように寄り添うかたちでスタートした。

5

「花冠？　コロナは花冠？　／光冠ではないか」——コロナという言葉をめぐっては、

たとえばコロナという銘柄のビールが売れなくなったとか、コロナという名の少年がイジメを受けたとか、そんなエピソードが海外から伝わってきた。言葉もどこかウイルスに似たところがあり、人から人へと伝わっていくうちに変異してゆく。このコロナにしてからが、最初は新型コロナウイルスと呼ばれていたものが、やがてコロナという言い方に省略され、同時に擬人化やメタファーとしての使用が促される。コロナが来た、といえば擬人化だし、あいつはコロナだ、といえばメタファーである。また言葉の側からいえば、北海道の友人杉中昌樹からもたらされた見解だが、生物の細胞に自らのRNAを侵入させて、それを細胞本来のDNAの代わりに複製させるというウイルスのふるまいは、まさにメタファーの働きそのものであるといえる。メタファーもまた、ある言葉がひとつの意味から別の意味に変換される言語装置にほかならないからだ。そしてメタファーが詩を詩たらしめる重要な要素だとすれば、なんと、不謹慎ながら、詩とウイルスは似ているということになる。

6

「北沢川緑道の／人工の川べりの」——北沢川緑道は、旧北沢川を再整備した緑道で、上流は赤堤から、下流は代田、代沢、池尻までの全長約4・3キロ。私の家から近く、このコロナ散歩でもしばしば訪れた。区間によって変化があり、経堂駅から豪徳寺駅までの約500メートルは、西洋的な樹形のゆりの木の並木が美しい。環七から淡島通りまでは桜並木で、下北沢近辺を代表する桜の名所となっている。また、この区間から本物の河川目黒川に流入する終点（その手前で烏山川緑道と合流し、目黒川緑道と名前を変える）までは「人工のせせらぎ」が整備され、川べりには草花が咲き乱れる。ネモフィラを発見したのもそこだ。また、21に出てくる古事記橋はこの旧北沢川にかかっていた橋の一つで、梅ヶ丘駅前にある。

　桜並木には文学碑もある。斎藤茂吉と三好達治と横光利一。いずれも下北沢近辺に住んでいたらしい。もうひとり、萩原朔太郎も住んでいたのに、なぜか碑がない。桜並木の北面の坂の上あたりに、朔太郎が建てた瀟洒な家があったはずだが、住居跡を示す標識板すらない。ちなみに、昔パリ5区に私が借りていたアパルトマンの外壁には、かつての詩王（イギリスの桂冠詩人にあたる）ポール・フォールが住んでいたことを示すプレートがあった。また、同じ5区の某ホテルのファサードには、ここでアンドレ・ブルトンとフィリップ・スーポーが自動記述による最初の作品『磁場』を書いた、というプレートまで掲げられているのである。文化の違いだろうか。石造りの不変の街とスクラップアンドビルドの街という都市形態の違いもあるかもしれない。にして

も、朔太郎ほどの大詩人が、なぜこんな不当な（？）扱いを受けなければならないのか。いや、「人生は敗北なり」と嘆じた『氷島』の詩人にふさわしいというべきか。

　ところが後日、朔太郎の碑に関して、私が大変な事実誤認をしていることに気づいた。朔太郎の碑は紛れもなく現実に存在していたのである。しかも、日の当たる、見つかりやすい場所に。それを発見したのは、ちょうどこの『花冠日乗』の緊急出版が決まった日の散歩時だった。ぎりぎり間に合って、いまこうして加筆訂正することができているというわけだが、何かの導きというほかない。それにしても、北沢川緑道は数え切れないほどの回数を歩いてきたのに、なぜ朔太郎の碑に気づかなかったのだろう。道を隔てて斎藤茂吉の立派な歌碑があり、そちらに気を取られていたせいか。いやむしろ、「人生は敗北なり」の詩人には碑はない方がふさわしい、というストーリーを私が勝手に作ってしまい、そのストーリーに添うような視野・視力になっていたのではないか。つまり碑は、私の眼によって、ものを見るための眼によって、かえって隠匿されていたのだ。眼と精神と事物との不思議な関係を思う。

　碑の発見以上に驚いたのは、碑文において朔太郎が鉄塔と関係づけられていることだ。碑文のタイトルは「萩原朔太郎・葉子と代田の丘の61号鉄塔」。本文には、「この塔のすぐ下に昭和8年、自らの設計による家を建て、居住したのは萩原朔太郎だ。鋭く尖った三角屋根の家は、鉄塔を意識して設計されたものだろう。詩人は、故郷前橋で電線の青い閃光を眺めては東京を恋い慕った。『定本青猫』の「自序」にはこうある。『都会の空に映る電線の青白いスパークを、／大きな青猫のイメーヂに見てゐる。』かつては当地の高圧線の碍子も青く仄めいていたという。詩人はそれを青猫に見立てたのかもしれない」云々とある。実は私も鉄塔愛好者で、「鉄塔に捧げるオード」という詩を書いたこともある。この『花冠日乗』にも、41に「夕映えに立つ送電塔」と記した。さらに、「電線の青い閃光」は、『花冠日乗』の「青い花ネモフィラ」とも青において照応する。碑の位置から私は、あらためて「代田の丘の61号鉄塔」を仰いだ。それは高圧線を張り渡しているだけではなく、現代詩の祖朔太郎から私へと、ひそかにポエジーの神秘をも送り込んでいるかのようだ。

　なお朔太郎は、自宅を建てる前にも、一時期、もっと下北沢駅に近い借家に住んでいた。あの奇怪な『猫町』が生まれた背景には、この借家からの散策があったとされる。下北沢一帯はいま歩いても相当のアップダウンがあり、そういう地形を彷徨するうち、詩人に、ふと『猫町』に描かれたような異次元の町の現出が幻視されたのではないか。たとえば「下北沢裂くべし、下北沢不吉」の詩人吉増剛造もそのように推理してエッセイを書いたり、「猫町」生成を探訪するツアーを組織したりしている。

「風にふるえる、青い花ネモフィラ」——ネモフィラはムラサキ科ネモフィラ属に分類される植物の総称。ルリカラクサとも呼ばれる。茨城県にあるひたち海浜公園みはらしの丘の群生が有名らしく、とある年の黄金週間、私の妻もなぜか思い立ってそこを訪れたことがある。なお、「風に HuRU え RU、青い Ha なネモ FiRa」と、H、F と R の音韻の連鎖（頭韻）が見られ、この一行を詩的フレーズたらしめている。

「旧約の大洪水のように」——言うまでもなく、『旧約聖書』中の「創世記」6-9 章に記された、大洪水とノアの方舟の神話伝説を指す。神は、自分が作った人間が地上に悪をはびこらせているのを見て、ノアとその家族を除き、全ての人間を滅ぼそうと、40 日間雨を降らせて大洪水を起こす。そのあと、虹を張り渡して、二度と大洪水は起こさないという契約のしるしとする。この神話のパロディとして書かれたのが、34 で言及されるランボーの「大洪水の後」である。

8

「愛犬ガブリエル旅立つ」——ガブリエルは牡のジャーマン・シェパード。通称ガブ。11 歳になったばかりだが、大型犬は寿命が短い。ガブもすでに去年の秋頃から体調を崩していた。獣医師の診断では、炎症性の胃腸障害があり、治る見込みはないという。投薬でなんとか凌いでいたが、3 月に入ると餌を食べなくなり、みるみる衰弱していった。不思議だったのは、飼い主である私も動揺して体調がおかしくなったことだ。一心同体だったのだろう。そして 6 日昼頃、ガブは荒い息をしはじめ、いよいよ最期が近いと思われたので、私はずっと彼のそばにいて、しきりに頭を撫でたりして過ごした。ガブも私を不安そうに見つめる。いやそれは人間的視点だ。動物に死はない。元素の組成の変化があるだけだ。そう自分に言い聞かせているのも、人間的視点である。午後 4 時ごろ、弱いながら息が安定して静かになった。あと一時間ぐらいはもつかもしれないと思って、私はふとガブとの仮想散歩を思い立ち、いつもの散歩コースを、脇に彼を引き連れているつもりで、泣き腫らしながら歩いた。戻ってみると、ガブはすでに息絶えていた。口を割り、舌を少し出しているが、11 歳を生ききったという顔をしている。ただちに私はスペイン滞在中の妻に知らせ、二人で泣き、それからペットの葬儀屋さんに電話して、火葬を頼んだ。翌日の夕刻、ワゴン車で葬儀屋さんがわが家にやってきた。ワゴン車にはなんと焼却炉があり、我が家の庭で火葬してくれるというのである。ガブが遺骨になるのを待ちながら、私は書斎で、なぜかボル

ヘスの『不死の人』を、40年ぶりに再読し始めた。なお、「だがいまも霊獣ルーアッ
ハとなって」以下は、「幻獣ルーアッハ」（初出は「hotel 第2章」45号、詩集『パッサル、パ
ッサル』に所収予定）からの自己引用。「ルーアッハ」はヘブライ語で風、とりわけ霊の
風のこと。ギリシャ語のプネウマにあたる。

「告別の儀式も許されないまま」——新型コロナウイルス感染症による死者は、感染
防止のため、遺族との通常の対面もないまま、厳重に包装されて柩に収められ、火葬
場もしくは土葬のための墓穴に運ばれてゆく。ガブリエルの方がずっと救われていた
かもしれない。

「——あなたにとって確実であっては困ることをひとつ挙げるとしたら？……」——
この問答パートはほぼ初出（『現代詩手帖』2020年6月号）のまま。確実であっては困るこ
と、それは、ふつうに答えるなら、未来である。人は未来が不確定だからこそ生きて
ゆくことができる。ところが、石原吉郎は、ソ連に抑留中、死刑にもひとしい重労働
25年という判決を受け、未来が確定してしまった。そこで味わった絶望は生涯にわ
たって石原を呪縛し、晩期に至ってまで、このような奇妙な質問をさせたのであろう。
それに対して私は、やや韜晦するように回答した。一見、ここが反復されることは未
来の不確定性と矛盾するようだが、真の反復は差異を生み出す運動であるというドゥ
ルーズ的な考えを暗に前提にしている。ここが反復されることは、つまるところ未知
の何かへとここを変容させるのだ。

　9
「剝き出しの生」——イタリアの現代思想を代表するひとり、ジョルジョ・アガンベ
ンが想起されていた。12に出てくる「生政治」もそうである。アガンベンによれば、
人間はゾーエー（生物学的な生）とビオス（言葉を話す存在）の両面から成る。そして、
「『人間』とは中心にある閾にほかならず、その閾を人間的なものの流れと非―人間的
なものの流れ、主体化の流れと脱主体化の流れ、たんに生物学的な生を生きているだ
けの存在が言葉を話す存在になる流れと言葉を話す存在がたんに生物学的な生を生き
ているだけの存在になる流れがたえず通過する。これら二つの流れは、外延を同じく
するが、一致することはない」（『アウシュヴィッツの残りのもの』上村忠男・廣石正和訳）。
簡単に言えば、このふたつの流れのうち、後者つまり「言葉を話す存在がたんに生物
学的な生を生きているだけの存在になる流れ」に晒されている状態、それがすなわち

「剝き出しの生」であり、そのような流れを政治的に統御・管理するシステムが「生政治」である。今般のコロナ禍においても、関連ブログなどを覗くと、アガンベンはそのような権力のありようを批判しているようだ。しかしもちろん、この『花冠日乗』ではそこまで厳密にアガンベンをふまえたわけではない。コロナ禍によって、生きるか死ぬかといった生存的レベル、つまりゾーエーが、何となく剝き出しにされてしまった。そのあたりの感覚を、ひとまず「剝き出しの生」と言ってみたかった。

III　岩石は笑う

　4月7日に政府から緊急事態宣言が出て、本格的な外出自粛や休業要請、いわゆるステイホームが始まった。この章に記された日付はまさにその前後にあたる。私の場合、すでに3月初旬からあらゆる行事用事が中止になって、家で執筆の仕事をするだけの毎日となっていた。それでも、巣ごもり生活に入ったという実感はあり、散歩や買い物に外出するときの緊張感も、べつに誰と密に接触するわけでもないのに、これまでとは違うように感じられた。新型コロナウイルスについてはまだわからないことも多く、真偽も確かめられないさまざまな情報に人々が翻弄されるという面もあり、パンデミックをもじってインフォデミックという言葉が生まれた。いわく、情報はウイルスよりも怖い。たとえば2月下旬の頃、何かの虚偽情報でトイレットペーパーが買い占められ、スーパーマーケットの棚から消えたことがあった。私は世間の噂に疎く、行動を起こすのが遅いので、これにはいささか困ってしまった。またたとえば、「ワインを飲むことは感染症を避けるのに効果的」という情報もあった。それかあらぬか、コロナ禍になって、わが家から出るワインの空きビンの数が明らかに多くなった。

10
「新型コロナウイルスのあの画像」——私の知るかぎり、テレビなどで見た新型コロナウイルスの電子顕微鏡画像は三つあり、ひとつはモノクローム、ひとつは赤色のみ、そしてもうひとつがこの赤と青二色の画像である。着色されたものだろうと思われる

が、たしかに毒のある花冠にふさわしく毒々しい。ここから、フローラのネットワークと交錯するように、『花冠日乗』における青のネットワークが始まる。青い花ネモフィラ、空の青、青あらし、カワセミの青い背、青くライトアップされた都庁舎。

11

「スーパームーンが浮かぶ夕刻」——スーパームーンとは、ウィキペディアによれば、満月または新月と楕円軌道における月の地球への最接近が重なることにより、地球からみた月の円盤が最大に見える日のこと。2020 年は、ちょうど緊急事態宣言が出た 4 月 7 日がそうだった。地上近くの東の空に浮かんでいるスーパームーンは、いかにも禍々しく赤身がかっていたが、しかしまた、地上のコロナ騒ぎをよそに、なんとも屈託なく豊かに自らを膨らませているようにもみえた。

12

「構造的には船でしょうね」——ロラン・バルトは『神話作用』のなかで、ジュール・ヴェルヌの海洋冒険 SF『海底二万里』に出てくる水中船「ノーチラス号」と、ランボーの傑作韻文詩「酔いどれ船」を対比的に取り上げ、前者を「楽しい閉じこもりの主題」の、後者を自己破砕と解放系の表象としている。12 を書いていたとき、このバルトの論考が念頭にあった。ところで、船といえば、日本におけるコロナ騒動はふたつの船とともに始まった。ひとつは最初のクラスター感染が起きた屋形船、もうひとつは、横浜港に繋留中に何百人という感染者を出した大型クルーズ船ダイヤモンド・プリンセス号である。

「『——確実なものはひとつもないから生きていける』という言葉をどう思いますか?……」——質問のみ初出と同じ。私の回答はあらたに書き加えた。ラーゲリの石原吉郎が置かれていたのは、この死刑囚に限りなく近い立場だったと言える。「確実なものはひとつもない」という未来に向けて投げ込まれた不安な現在こそ、本来の生き生きとした人間の実存の姿である。

「フクシマ第一のカタストロフィーを問うた友人の哲学者」——小林康夫のこと。『存在のカタストロフィー』(未来社)の第 5 部「カタストロフィズムとメシアニズム」が参照されている。小林さんは禅の公案に見立てて「プルトニウムにまた佛性ありや?」と問いかけ、哲学者「パークス先生」の応答——「佛性が世界全体のこうした

ダイナミックな機能とかかわる限りにおいて、道元はけっして、河川を汚染する化学物質、世界じゅうに貯蔵されている放射性廃棄物、致命的な毒性をもつウィルスを、佛性の尊い顕現として祝い祀ることにコミットすることはないだろう」——を紹介したあと、自身つぎのように結論づける。『無常』というこの世界の根本原理に違反しているのはプルトニウムではない。そうではなく、その『古』よりも『古』、『心』と『佛』との連関が不可能だという意味ではもはや『古』と喚ぶこともできないこの恐るべき物質崩壊を出現せしめたわれわれ人間の『造作』、まったく『無常』を忘却したテクノロジーにほかならない。人間こそがこの世界の『汚染』にほかならないのだ。」

13

「6番炭素／38番ストロンチウム／115番ウンウンペンチウム」——番号は元素周期表より。

「岩石の淋しさ／とうたった詩人がいた」——西脇順三郎へのリンク。『旅人かへらず』の53に「岩石の淋しさ」とある。西脇のポエジーの基底をなす「存在の淋しさ」からすれば、岩石でさえも淋しいのだ。実をいえば、『花冠日乗』を書いているあいだ、つねに念頭にあったのは、ペソアの『不安の書』とともに、西脇のこの『旅人かへらず』であった。この詩集の刊行は戦後の1947年だが、じっさいの執筆時期はおもに戦時中であったとされる。戦時中、大多数の詩人が戦争協力に流れるなかで、私見によれば、西脇はひとり沈黙を通し、世捨て人をよそおいながら、実は怒りや不安を鎮めるために、独特の「散歩の詩学」にもとづく『旅人かへらず』の詩作をすすめていったのだった。大詩人の作品になぞらえるのはおこがましいかぎりだけれど、私は、コロナ禍のなかのコロナ散歩を始めながら、いつしか、私なりの「旅人かへらず」を書いてみたいと思うようになった。フローラすなわち植物に関する記述をことさらに意識したのも、西脇のひそみにならって、というモチーフが多分に働いた。もっとも、社会的コミットメントを最小限にとどめた『旅人かへらず』に比べると、この『花冠日乗』はまだずいぶん生臭くみえるかもしれない。

「岩石は笑う、しかしこれも誰かの詩のなかになかったか」——と書いた瞬間、瀧口修造だろうと見当はついた。あとで調べると、たしかに『瀧口修造の詩的実験1927〜1937』に、「岩石は笑った」とあり、ただし、詩のなかの言葉ではなく、詩のタイトルであった。純白の装幀を施されたこの詩集は二十歳の頃の私のバイブルの一つで、

こんな詩が書けたらと、まぶしい思いで眺めたものだ。それにしても、若いときの記憶とは恐ろしい。西脇の「岩石の淋しさ」を想起するや否や、その弟子筋の瀧口の詩句まで電撃的に思い出されてきたのである。いまでは昨日読んだ本のタイトルさえとっさには思い出せないこともあるというのに。

「羽根木公園」——私の家から徒歩 10 分ほどのところにある。ガブリエルが元気だった頃は、毎朝彼を連れて散歩に訪れた。大型犬（ジャーマン・シェパード）なのに臆病で、すぐに吠えたりするので、他人や他犬との距離を取らなければならず、コロナ感染予防のためのソーシャルディスタンスを当時から私たち、私とガブリエルは実行していたことになる。なお、この公園は梅林が有名で、毎年 2 月から 3 月にかけて、梅祭りが行われる。

IV　声音の腐葉土

　4 月上旬から中旬にかけては、東京の日々の新規感染者数が 197 人とか 206 人とか（しかもそれはきわめて限定された PCR 検査によって確認された数にすぎず、じっさいの市中感染者数はケタが違うと言われた）、ピークを迎えていた頃で、それを示す棒グラフの伸びに合わせるように、私のコロナ散歩も歩く距離が増えていった。3 月下旬まではどこかの駅近くのカフェに寄って夕刊紙を読んだりしたものだが、緊急事態宣言が出されてからはカフェも閉まってしまったので、ひたすら歩くだけのコロナ散歩になったからだ。歩くといわゆるウォーカーズハイの状態になり、わずかながらでも不安が紛れるのだった。すると、そんな私がいま、ひとりがふたり、ふたりが四人と、それこそ指数関数的に増殖して世田谷中を歩き回っているのではないか。そんな幻覚的妄想にも襲われた。ちなみに世田谷区は、そもそもの人口が多いから当然だが、東京 23 区のうちでもいちばん感染者が出ている区であった。

　15
「ときあたかも 4 月、どうしてもエリオットの『荒地』を思い出す」—— T・S・エ

リオットの長篇詩作品「荒地」は、いうまでもなく 20 世紀モダニズム詩の金字塔。とくにその冒頭の一句、「四月はもっとも残酷な月」は、春と残酷という意想外な結びつきのゆえにか、人口に膾炙しているようだ。戦後詩の出発を告げる鮎川信夫らの雑誌名が『荒地』だったように、「荒地」は日本現代詩にも大きな影響を与えた。文明の荒廃を見つめ、その再生を詩的に模索するという内容もさることながら、本文と注という作品の構成も刺激的だったようで、入沢康夫の『わが出雲・わが鎮魂』や辻井喬の『群青、わが黙示』は、その構成をさらに徹底させ、大がかりにした詩集である。なお、「荒地」の第一部「死者の埋葬」は 1919 年に執筆された。スペイン風邪パンデミックの最中ということになるが、この感染症への直接の言及はない。

「八重のヤマブキがいま盛りだよ」——たとえば「妹に似る草と見しより我が標めし野辺の山吹誰か手折りし」（大伴家持、『万葉集』巻 19）などが思い出されていた。なお、今度のコロナ散歩で、烏山川緑道の宮坂地区に「万葉の小径」と名づけられた区間があることを発見した。そこには、ヤマブキをうたった『万葉集』の「山振のたち儀ひたる山清水酌みに行かめど道の知らなく」（高市皇子、巻 2）および「山吹は日に日に咲きぬ愛しと吾が思ふ君はしくしく思ほゆ」（大伴池主、巻 17）という和歌を掲げたプレートもある。

16

「駒沢オリンピック公園」——世田谷区では、砧緑地につぐ広さを誇る公園。1964 年の東京オリンピックの会場のひとつでもあり、その遺物が見られる。また、周回道路が整備されていて、ジョギングのメッカだ。外出自粛中に訪れたときは、いつもよりジョギングする人々が増えていて、びっくりした。そう、コロナ散歩中、街にあきらかに増えたものを挙げるとすれば、ジョギングをする人々、Uber Eats の配達自転車、そして縄跳びをする少女。

17

「世田谷通り」——三軒茶屋から環八との交差点を経てさらにそのさきへ、文字通り世田谷を横断するように伸びているストリート。コロナ散歩でも私はしばしば歩いた。環八の方から都心に向かって歩いてゆくと、緑陰のなかのファミリーレストランがいかにも田園都市的な馬事公苑付近、世田谷線に沿った「世田谷代官お膝元」の商店街、そして環七を渡り三軒茶屋エリアに入ると、通りの両側が高層のマンションとなって、

なんとなく街が深くなったという印象を受ける。特筆すべきは、松陰神社商店街との交差点の近くに、北原白秋住居跡の標識板を見つけたことである。「つちふらし嵐吹き立つ春さきは代々木野かけて朱の風空」ほか、「世田谷風塵抄」という一連の短歌が掲げられているが、「風塵」という言葉に驚く。私が生まれ育った埼玉県の武蔵野畑作地帯では、冬から春先にかけて、しばしば季節風が、関東ローム層の赤茶けた土を風塵にして飛ばしていたが、ここ世田谷も当時（昭和初年代）は相当の田園地帯だったのだろう。

「シミリ」——直喩のこと。ならば直喩と書けばいいではないか。その通りだが、シミリという音が面白いと思った。「のような」「のように」をどう使うかは、世界をどんな類比のネットワークで捉えるかということであり、詩人の想像力にとって重要な課題となる。ありふれた類比から神秘というほかない類比まで、あるいはさらに、類比なき類比、類比を創出したとしか思えないような究極の類比に至るまで。

「——もう一度、『確実なものはひとつもないから生きてゆける』という言葉をどう思いますか？……」——初出とほぼ同じ問答パート。私の回答は、もはや説明の必要もないだろう。

　　18
「私は晴れやかに痙攣する」——ルネ・シャールのアフォリズム集のタイトル「痙攣した晴朗さのために」の組み替え。なお、『花冠日乗』全体のエピグラフとして掲げた「雨の日々には、きみの武器の手入れをするがよい」という章句は、この「痙攣した晴朗さのために」からの引用である。

V　とりどりの DEAD HEAD

　４月下旬になると、新規感染者数は減少に転じ、どうやらピークアウトしたようだという安堵の観測が可能かと思われたが、専門家たちはまだまだ油断はできないと慎

重さを崩さなかった。それとともに、一部のブログではコロナパンデミックの歴史的
思想的意味が語られるようになり、あるいは早くもポストコロナ、アフターコロナの
予想が、さまざまなレベル、さまざまな領域で行われるようになった。それは措く。
私の印象に残っているのは、とあるニュース番組で紹介されていた世界の子供たちの
絵だ。アメリカのシカゴの子供は、太陽や草木を明るく燃えるように描いて、産業活
動が抑制されたコロナ後は空気がきれいになるという。一方アフリカのルワンダの子
供は、ディストピア的な全体主義社会を予感したのだろうか、ヒトを血しぶきの赤で
彩色して、市民は命令を守らないと兵士に殺されるという。私のなかでも、ポストコ
ロナをめぐって、楽観と悲観と、肯定と否定と、まぜまぜのストライプ模様のように
うねっていて、しかしそれが一番リアルな予感なのだと思う。

20

「ほんとうに私たちは、戦闘状態にあるのだろうか」——新型コロナウイルス対策に
おいて、大多数の人が戦争の比喩を使う。たしかにそのほうが気分的に高揚する。ま
た免疫システムも、自己と非自己とのたたかいというイメージであろう。専門的なこ
とはわからないが、巧妙に侵入してきたウイルスに対して、私たちの体内では、大食
細胞やキラーT細胞やB細胞が、段階に応じてつぎつぎと迎え撃つのである。他方、
ウイルスとの共生ということも、よく言われる。戦争しつつ共生し、共生しつつ戦争
する。奇妙な関係だ。

「とあるブログで／ウイルスの言い分を聴く」——知り合いの編集者から教えられた
ブログから。もともとはイタリア発で、私が読んだのはその日本語訳。ただし、私な
りにかなり書き直した。ヨーロッパで最初の感染爆発を起こしたイタリアには、ネグ
リやアガンベンの思想がバックボーンになっているのだろう、アナキズム系のブログ
やツイッターの発信が一定数あるようで、コロナ危機を体制批判と社会変革の契機と
して捉えようとしているようだ。

21

「ウイルスを騙って、ヒトの思想がざわめいているだけだ」——とはいえ、私はこの
ウイルスの言い分を支持する。欲望には、良い欲望と悪い欲望があると考えたい。良
い欲望とは、自己を超えようとする生成変化への、そしてまたそのイメージ化への欲
望であり、悪い欲望とは、自己目的化した利潤の追求、つまりは資本主義である。

「この世界については、おまえが去ったあとどうなるのか／いずれにせよ、ひとつと
して今ある姿ではないだろう」——ランボー『イリュミナシオン』中の一篇「青春」
からの引用。ランボーの詩には、とくに『イリュミナシオン』には、黙示録的な謎め
いたフレーズが山ほどあり、それらの射程は現在にも届くから不思議である。「俺た
ちの欲望には、精妙な音楽が欠けている」などなど。いや、ランボーの詩はつねに新
しいというべきか。私は大学の授業で十年一日のごとくランボーを読んでいるが、下
調べしないで済むという私特有の横着な理由のほかに、ランボーの詩はつねに新しい
から、どの時代にもそれなりに対応してくれるのである。『花冠日乗』ではほかに 34
で、やはり『イリュミナシオン』に所収の「大洪水の後」にも言及している。

「——それにしても、ここが反復されてゆく、とは？……」——初出時にはなかった
問答パート。つまり質問者も私自身で、「石原吉郎からの七つの質問」を完全に逸脱
している。私の回答には、ドゥルーズの大著『差異と反復』を読んだ記憶があろう。
ここにその内容を紹介できる力量はとても私にはないが、思いっきり乱暴に言ってし
まえば、要するに反復とは、本文にも書いたように、同一性の回帰ではなく、たえず
ずれてゆく、つまり差異を産み出してゆく運動であるということだ。それはまた、ガ
タリとの共著『千のプラトー』で取り上げられるリトルネロなる音楽概念とも結びつ
く。ある基本要素が繰り返されるなかで、それを変奏するようにしてひとつの曲が生
まれてゆくその反復演奏のことをいうのだが、私たちの生も、ここという場所も、愉
悦に満ちたリトルネロでありたいと思う。

「でもなぜ古事記？　地元の知人に問い合わせたら／乞食の語呂合わせでしょう」
——ところが後日、やはり散歩していて、古事記橋から遠からぬ赤堤２丁目の六所神
社内に、『古事記』にとりわけ印象深く登場する天宇受売命の碑を発見した。以下が
その碑文。「天照大神が天の岩屋戸に隠れ、世界が暗黒になったとき、天宇受売命が
半裸で踊り、酒宴の諸神を笑わせ、それによって天照大神を岩屋戸から誘い出した。
暗黒だった世界が再び陽光に照らされることになった、と『古事記』に記されている。
天宇受売命が芸能上達の神たる由縁である。この度奉納された碑は、赤堤に在住して
いた漫画家杉浦幸雄氏がこの『岩戸開き』の中の天宇受売命を描いたものである。」
つまり天宇受売命のこのいわば元祖ストリップが、テクストの外から、つぎの吉岡実
のエピソードを用意したということになる。

22

「膣状陥没点」——吉岡実の最後の詩集『ムーンドロップ』のそのまた最後に置かれた「〔食母〕頌」からの引用。

迂回せよ
　　　　月の光に照らされて
　　　　　　　　あらわに見えて来る
　　　〔膣状陥没点〕……

　吉岡実のストリップ好きは有名だが、それはたんなる物好きな詩人のエピソードというレベルにはとどまらない。たとえば松浦寿輝は、吉岡実独特のオブセッションである女陰という主題が「窃視者の欲望の対象から、イメージ産出の装置へと脱皮してゆく」契機、すなわち「女陰という文学機械の誕生」についてさえ語っている。

「アラーキー」——写真家荒木経惟のこと。いつだったか、たぶん 1990 年代中葉、吉増剛造（詩）＋マリリア（音楽）＋荒木経惟（写真）＋大野一雄（ダンス）のライブパフォーマンスを見たことがあった。壁に映し出されたアラーキーの多彩な花の写真に、吉増剛造の自作詩朗読が絡み、また彼岸と此岸をひとつに撚り合わせたような大野一雄の摩訶不思議なダンスがかぶさるのだった。花はそのとき、性器としてのエロティシズムと、祈りのもっとも美しい形象化と、そのふたつの奇跡的なアマルガムを具現していたように思う。

VI　空隙がふえる

　いつからか、コロナ感染防止対策のひとつとして、マスクの着用とソーシャルディスタンスということが「新しい生活様式」のひとつとして推奨されるようになった、あるいは半ば義務づけられるようになった。マスクについては、感染拡大期、買い占

めらてドラッグストアの店頭から消えてしまい、着用したくてもできないという事態がかなりつづいた。さいわい、もともと私は花粉症で春先には必ず着用していたからストックがあり、マスクで顔を覆うことにも抵抗はなかった。表情が他人に読まれにくい、つまり半ば仮面状態となるのが、かえってありがたかったのである。欧米では逆にそのことがマスク着用の徹底を妨げているというのだから、世界は多様だ。ソーシャルディスタンスのほうはどうだろうか。飛沫感染、エアロゾル感染を防ぐために、人との（物理的な）距離をとれ。私はふだんから孤独を好み、人との（心理的な）距離をとるほうなので、いやたんに他者が怖いからではないかという声もどこからか聞こえてくるが、いずれにしても、間、隙間、空隙といった語は私の詩にもしばしば登場する。つまり、いわば私の詩的宇宙をひらく鍵語なのだ。コロナ禍のさなかにもかかわらず、この章の日乗が心なしかはずんでいるように感じられるのは、そのためかもしれない。

24

「人間にとって逆説的にもっとも深い部位だよね、皮膚って」——ポール・ヴァレリーの「人間にとってもっとも深いもの、それは皮膚である」というフレーズがふまえられている。また、皮膚といえば反射的に金子光晴を思い出す。「ほねぐみのうへをゆつる肌のしなひある起伏。／なだらかに辷り、おちあふ影と影の仄かさ、／肌から肌のゆくへをめぐつて、五十年。／はるばると僕はのぞむ。——肌の極光を」（「肌」）と書いたこの抵抗とエロスの大詩人が、コロナ禍による「ソーシャルディスタンス」の出現を目の当たりにしたら、どう思うだろうか。

「竹、竹、竹／のようにあらわれ／／朔太郎？　スペイン風邪が大流行したのはちょうど百年まえ」——萩原朔太郎の「竹」連作のうち、2番目の原詩は以下の通り。

　　光る地面に竹が生え、
　　青竹が生え、
　　地下には竹の根が生え、
　　根がしだいにほそらみ
　　根の先より繊毛が生え、
　　かすかにけぶる繊毛が生え、
　　かすかにふるえ。

かたき地面に竹が生え、

　　地上にするどく竹が生え、

　　まっしぐらに竹が生え、

　　凍れる節節りんりんと、

　　青空のもとに竹が生え、

　　竹、竹、竹が生え。

　竹のイメージとともに、「生え」という連用中止形の脚韻的効果がこの詩の特徴であるが、24の「あらわれ」の反復はその反響である。なお、朔太郎の「竹」連作を含む詩集『月に吠える』の刊行は、ロシア革命と同じ1917年、スペイン風邪パンデミックの前年にあたる。この詩集によって朔太郎は、一躍現代詩の第一人者として認められ、エッセイなどの執筆にも手を染めてゆくが、スペイン風邪への言及はほとんどない。

　「詩人アポリネールはそれで命を落とした／花冠／切られた首」――朔太郎が口語自由詩を確立したように、20世紀フランスの現代詩を拓いたとされるアポリネールは、第一次大戦で頭部に負傷して療養中の1918年、スペイン風邪に罹患し死亡した。享年38歳。戦傷で免疫力が落ちていたのかもしれない。アポリネールは異邦人だった。それで軍隊に志願し、めでたくフランス国籍を取得することができたのだが、その結果が感染症による死では、今般のコロナの犠牲者の多くと同じように、社会的弱者だったとも言えよう。「花冠／切られた首」は、この詩人の代表作のひとつ、「ゾーン」(詩集『アルコール』所収)の最終2行「太陽／切られた首」をふまえる。ちなみに筆名アポリネールはギリシャ神話の太陽神アポロンに通じるので、自分の死をあらかじめ書き込んだような、なんとも予言的な2行である。「切られた首」の原文はcou coupéで、同一音韻の連鎖も印象的だ。

　また、アポリネールには、感染症を題材にした「詩人のナプキン」という洒落たコントがある。ある画家とその女友達が4人の詩人たちを代わる代わる食事に招く。ひとりは結核を患っている。ところが、同一の布ナプキンを洗いもせずに使い回したので、残りの詩人たちもつぎつぎに結核に感染してしまう。結局、4人とも死んでしまうのだが、後日画家とその女友達が件の汚れた布ナプキンを広げてみたら、その四隅に、なんと死んだ4人の詩人たちの顔の輪郭がぼんやりと浮かび上がってきたのであ

る。というわけで、この短篇は、シュルレアリスムの先駆者アポリネールにいかにもふさわしい作品ということになる。ゴルゴダの丘に向かうキリストの顔を布で拭ったら、その布にキリストの顔が浮かび上がったという聖女ヴェロニカの伝説を、たとえばフロッタージュというシュルレアリスムの自動記述的な手法に橋渡ししたのであるから。

「――ところで、何を根拠に『私は確実に死ぬ』といえるのですか、確かめたわけではないのに？……」――初出と同じ問答パート。奇妙な問いである。いうまでもなく私たちは、自分の死を経験できない。言い換えれば、「自分では確かめられないのに、私は確実に死ぬ」。あたりまえのこの事実に、なお石原吉郎はおののくのである。「この絶対矛盾に耐えられるでしょうか」と私も問い返し、石原のおののきに添う。

25

「ふとヴィスコンティの映画『ベニスに死す』を思い出す」――私はたぶんこの映画を、封切り時（1971年）にではなく、1980年代中葉、年齢でいえば三十代前半に観たのだろう。原作はトーマス・マンの同題の小説。耽美的な映像、初老の作曲家が美少年に恋してしまうというストーリーもさることながら、暗澹と陶酔的な音のテクスチャーを広げるテーマ音楽が耳にこびりついて、しかしまだクラシック音楽に疎かった私は、しばらくしてようやくそれがマーラーの交響曲第5番第4楽章「アダージェット」だとわかった。以来、芋づる式にマーラーにのめり込み、親しい誰彼が死ぬと数日間マーラーを聴きまくったりした。つまりこの世紀末ウイーンの響きは、喪の気分にいかにも合うのである。私の6番目の詩集のタイトルは『アダージェット、暗澹と』だし、私が死んだら、葬儀か偲ぶ会にはマーラーを流してほしいと本気で思っている。望むらくは、交響曲「大地の歌」の最終楽章「告別」だが、少々大仰かもしれない。それに、全部流すと30分ほどもかかってしまう。

VII 軟禁ラプソディ

　外出自粛生活のなかでの黄金週間。例年なら高速道路は渋滞し、行楽地は人でごった返すのに、今年はどこもがらがらだった。移動もままならないこの休暇を、では自宅でいかに過ごすかということが、勤労する人々のテーマになった。それだけではない。人と距離を置いたり外出を控えたりなど、非日常的で慣れない生活スタイルがつづくと、心のバランスを大きく崩してしまうことがあるという。そこで推奨されたのが、毎日の日課とその時間を決めよう、日の光を浴びよう、運動をしよう、人と交流の機会を持とう、夜間に明るい光を浴びるのは避けよう、云々。さて私だが、本文に示したように、私もさまざまな過ごし方を考えた。その多くは空想上もしくは妄想上の行為に終始したが、あるいは空想妄想に淫することそれ自体が、外出自粛生活での大いなる慰めであったのかもしれない。詩とは諧謔である。

　なお、この章に付けた小島さんのピアノ曲は、まさに度はずれなほど弾んで、狂詩曲（ラプソディ）というにふさわしい。また朝岡さんの写真の一枚に写っているのは、なんと洗ったマスクが何枚も干されているという光景である。その一枚一枚が私の「コロナが私を軟禁してしまったので」というリフレインに対応しているような、つまりここでも諧謔が発揮されている。

27

「夜中に台所でぼくはきみに話しかけたかった」——谷川俊太郎詩集『夜中に台所でぼくはきみに話しかけたかった』は 1975 年、思潮社刊。妻や何人かの友人に語りかけるという構成による、くだけた会話調が印象的な詩集。たとえば作家小田実に語りかける詩には、「それから明日が来るんだ／歴史の中にすっぽりはまりこんで／そのくせ歴史からはみ出してる明日が／謎めいた尊大さで」とある。谷川俊太郎らしい、バランスのとれた歴史認識、いや、柔らかい反歴史主義だ。

『AKIRA』—— 1980 年代の漫画作品。大友克洋作。私も単行本刊行当時に買って読んだ記憶がある。核戦争後の 2019 年、復興途上の「ネオ東京」を舞台に、軍と都市ゲリラの抗争が描かれる。

『わたしを離さないで』—— 2005 年、カズオ・イシグロ著。登場人物たちはいわゆ

るクローンで、臓器提供のためにのみ生存している。設定はディストピアSFといっていいが、作品全体を覆う不思議な静謐さを何と呼べばいいのだろう。

『アウトブレイク』―― 1995年、ウォルフガング・ペーターゼン監督作品。未見だが、アフリカから密輸され、ペットショップで売ろうとしたサルを媒介に、アメリカ中が一気に感染爆発に至る過程を描く。封じ込めの下、野戦病院が並ぶいかにもコロナ禍的な描写もあるという。

「ディストピアSF」――ディストピアはユートピアの逆。手元の辞書には載っていないので、新語なのだろう。ともあれ、SFというジャンルに「ディストピアSF」というサブジャンルがあるらしい。未来のおもに全体主義的な管理社会を描く小説・映画・サブカル群で、ジョージ・オーウェルの『1984年』やオルダス・ハクスリーの『すばらしい新世界』がそのいわば古典であるとされる。これとはべつに、あるいはしばしば混同されて、「ポストアポカリプスSF」というサブジャンルもあるらしく、こちらはむしろ無政府的な混沌の未来を描く。本文中に言及した『AKIRA』は、したがって「ポストアポカリプスSF」の部類に入るのだろう。しかしどちらにしても、かつては肯定的にポストモダンと呼ばれもした近代社会の変容の究極の姿、いやそのなれの果ての姿であるとはいえるかもしれない。そうした展望からすると、ウイルスが人間に入り込み、生死を支配するというような、そして人間は無人にひとしい街で死の影におびえながら生きているというような現今の状況は、まさにディストピア的かつポストアポカリプス的というほかない。

28

「私は扁桃体がボヤだ」――ある脳科学者によれば、瞬間的、短期的に逆境に陥ったときに、それに打ち勝つためにポジティブスイッチを入れるのが脳内にある扁桃体の役割だという。外出自粛期間中、私は毎日狂ったように散歩しまくったが、それはある意味、扁桃体からのポジティブスイッチが入ったのだろう。

29

『白鯨』――「世界十大小説」とは、20世紀イギリスの作家サマセット・モームによるランキングで、以下の作品が挙げられている。フィールディング『トム・ジョーンズ』、オースティン『高慢と偏見』、スタンダール『赤と黒』、バルザック『ゴリオ爺

さん』、ディケンズ『デイヴィッド・コパフィールド』、フロベール『ボヴァリー夫人』、メルヴィル『白鯨』、エミリー・ブロンテ『嵐が丘』、ドストエフスキー『カラマーゾフの兄弟』、トルストイ『戦争と平和』。みられる通り、19世紀英仏文学中心である。日本の戦後の批評家篠田一士は、モームのこの「世界十大小説」のオルタナティブを提示するように、「二十世紀の世界十大小説」として以下の作品を挙げた。プルースト『失われた時を求めて』、ボルヘス『伝奇集』、カフカ『城』、茅盾『子夜』、ドス・パソス『U.S.A』、フォークナー『アブサロム、アブサロム！』、ガルシア・マルケス『百年の孤独』、ジョイス『ユリシーズ』、ムジール『特性のない男』、島崎藤村『夜明け前』。日本近代文学から、夏目漱石や森鷗外や谷崎潤一郎ではなく、藤村を選んでいるのは驚きだが、いずれにしても、とくに年齢を経てからは、古典を読むことは不変の価値の分け前にあずかるようで、死へと向かう準備としては必須アイテムだ。

「なんと白鯨整骨院／とあるではないか」——偶然の一致だが、アンドレ・ブルトンなら、さしずめ「客観的偶然」と呼ぶだろう。ブルトンが経験したもっとも驚くべき「客観的偶然」は、「ひまわりの夜」として知られている出来事だ。ブルトンはあるとき、ジャクリーヌという女性と偶然に出会い、恋愛関係に入るのだが、それとそっくりの出会いを、すでに十年も前に自作の詩「ひまわり」に書いていたことに気づく。同様に、『白鯨』を読みたいという私の欲望と白鯨整骨院という現実の事象は、相互に作用しうるのである。なぜなら、欲望も現実も、より広く超現実という世界の無意識の中に包摂されるのであるから。しかしこれではいくら何でも隠秘学的すぎるだろうということで、のちのシュルレアリスム研究者たちの多くは「テクストの無意識」として読み直すことになるが、ブルトンのこの考えを、いつしか、ほぼそのまま受け入れている詩人としての私がいる。

Ⅷ　光年の雫

　ここで思わぬ時間論が織り成された。外出自粛の巣ごもり生活では、非日常が日常となって、時間の感覚が麻痺する。複数の時間が生じて流れ出すようでもあり、渦巻

くようでもあり、停滞するようでもあり、まれに、永遠と一瞬とが入れ替わる。たとえば光年の雫とは、気が遠くなるような果てしない時間の旅への、いわば合法ドラッグである。

なお、『花冠日乗』は、何度も繰り返すように、私の詩と、朝岡英輔の写真と小島ケイタニーラブの音楽とのコラボレーションであるが、順序としては私がまず詩を書き、それを読んで小島さんと朝岡さんがそれぞれの作品を制作した。少なくとも初めのうちは。ところが、途中から逆転現象も起こってきたように思う。制作の順序は変わらず同じなのだが、前の章につけた小島さんの音楽や朝岡さんの写真に触発されて、それが次や次の次の章の私の詩作に反映されるという場合があったのだ。この双方向性こそコラボレーションのコラボレーションたるゆえんであり、醍醐味であろう。

たとえば、この章でメシアが登場するのは、たしか前々回の小島さんのピアノ曲に、バッハの宗教曲を思わせるようなニュアンスが感じられたからである。音楽のことは何も知らない。小島さんがどのようなコンセプトで作曲し、演奏しているのかも知らない（のちに小島さんご自身から情報を得た。49のノート参照）。ジャズ的な不協和音の多用とポップで多彩なリズムが感じられるという程度のことしか言えないが、これだってあてずっぽうだ。ただ、前々回のピアノ曲から、たしかにバッハ的な荘重な宗教性が私の耳に届いたような気がして、それはまるで、小島さんが、そろそろ宗教的な主題も扱ってみませんか、と私を促しているように思われたのである。

またたとえば、朝岡さんが鳥（猛禽類？）の写真を提示したとき、はっとさせられた。それまでの『花冠日乗』は、タイトルからして当然といえば当然だが、フローラつまり植物誌中心であって、動物とくに鳥が出ていないのだった。公園に行けば必ずといっていいほどキジバトののどかな鳴き声が聞こえたし、どこかの路上でウグイスの声に耳をそばだてたこともある。それなのになぜ鳥を登場させないのか。そう朝岡さんに問い質されているような気がした。しかしなかなか鳥を出すことができない。ようやくのちの「Ⅹ 青よ渡れ」の章になって、「カワセミの背」の青と記されることになる。考えてみれば、その場を動けない草木は、外出自粛をつづける私たちとアナロジーの関係で結ばれうるが、鳥は端的に自由の象徴である。そこで私は、とこれは後づけの理屈になるが、最後から2番目の「非馥郁と」の章において、「黒揚羽」を、フローラと動物界とをつなぐ中間的存在として飛翔させたのではなかったか。

30

「不安ではなく恐怖ではないのか、おまえが駆り立てているのは」──『花冠日乗』

冒頭の蒸し返しである。不安と恐怖について、以前私は以下のように書いたことがある。「不安は日常的であり、恐怖は非日常的である。不安は内的もしくは実存的だが、恐怖は生理的もしくは身体的である。生存が直接危機に晒されているときの身体的反応、それが恐怖である。ひとはいくら不安を募らせても失禁したりはしないが、恐怖に襲われるとたちどころに失禁しうる。20世紀美術に例をとれば、ピカソは不安の画家であり、フランシス・ベーコンは恐怖の画家である。以上要するに、形而の上に不安は住まい、恐怖は形而の下にもぐる。」

32

「ねえメシア／あなたの到来／という未来のある時点を仮想してそこに現在が収斂してゆく／というような時間意識」──この時間意識はもとより通俗的なものであり、哲学的にはもっと深くメシア的時間性が探求されてきたのだろう。小林康夫も、前出「カタストロフィズムとメシアニズム」のなかで述べている、「目的＝終末論的な歴史哲学が、（デリダ、レヴィナスなどの）思考におけるユダヤ的なものによって脱構築されるような時代的な囲いを考えないわけにはいかない。そこでは、線形で連続的な歴史の時間が、まさにそれとは異なるもうひとつの出来事の時間性によって脱構築されるのであり、ある意味では、そのような思考をこそ、わたし自身がほとんど一生をかけて生き、学んできたと言っても過言ではない。」

「──逆に、他者がいなければ『私の死が』確かめられることもない？……」──初出にはなかった問答パート。「そう。無から無へと、その中間を経ずに渡ればよかった、つまり生まれなければよかった、ということになります、母よ、私の消去をなせ、二度ともう私をひり出すな」という私の回答は、あるいは奇異に聞こえるかもしれない。ところが、「人間は生まれないほうがよかった」とするいわゆる反出生主義というのがあり、「現代思想」で特集が組まれたりしているが、それと関係があるのかないのか、いや、大いにあるのだろう、私が意識していたのは、ルーマニア出身のフランスの思想家シオランの著作『生誕の災厄』である。私のような人生の敗北者（定職にも子供にも恵まれなかった！）にとってはなんとも溜飲の下がる本で、たとえば「私がこしらえようとしなかった子供たち、もし彼らが、私のおかげで、どんな幸福を手に入れたか知ってくれたなら！」とある。

「世田谷の／果ての隘路に失われる糸のようなひと」── 12にも出てきたが、何だ

ろうこの「糸のようなひと」は。西脇『旅人かへらず』の「幻影の人」のなれの果て
の姿でもあろうか。最終 168 の全行を引いておくと、

> 永劫の根に触れ
> 心の鶉の鳴く
> 野ばらの乱れ咲く野末
> 砧の音する村
> 樵路の横ぎる里
> 白壁のくづるる町を過ぎ
> 路傍の寺に立寄り
> 曼陀羅の織物を拝み
> 枯れ枝の山のくづれを越え
> 水茎の長く映る渡しをわたり
> 草の実のさがる藪を通り
> 幻影の人は去る
> 永劫の旅人は帰らず

　いや、ちがうようだ。微細な、文字通り糸のような、それこそ DNA を内包した染
色体そのもののようなひと？　じっさい、詩人で画家のアンリ・ミショーは、そのよ
うな「糸人間」が跳梁するアンフォルメル的絵画を多数描いたが、私はそのいくつか
の複製を収めた画集を所蔵している。あるいは、ジャコメッティの彫刻作品の、あの
針金のように細くねじれた人体造形を連想してもよいかもしれない。

　33
「夕焼け領という美しい言葉が／誰かの詩にあったように思う」――「岩石は笑う」
同様、誰の詩の言葉なのか、おおよその見当はついていて、あとで書架から清水昶詩
集『少年』(1969) を引っ張り出したら、その詩篇タイトルのひとつが「夕焼領」だっ
た。この『少年』は、瀧口修造の『瀧口修造の詩的実験』や吉増剛造の『黄金詩篇』
とともに、私がもっとも早い時期に播いた現代詩の詩集のひとつである。もっとも、
大学 2 年の春に、当時住んでいた生家の離れが全焼してあらゆる蔵書を焼失してしま
ったため、これらの詩集はすべて新たに購入しなければならなくなった。なお清水昶
は、1960 年後半、戦後詩の飽和点にあらわれた新世代を代表する詩人のひとりで、石

原吉郎に私淑した。その石原の詩にも「夕焼け」のイメージが頻出する。シベリアの強制収容所で見た夕焼けだろうか、「夕焼けが棲む髭のなかの／その小さな目が拒むものは／夕焼けのなかへ／返してやれ」など。拙著『証言と抒情——詩人石原吉郎と私たち』に私はつぎのように書いた。「これらの『夕焼け』や『落日』は、やはりキリスト者石原ということで、その終末論的世界観とどこかで繋がっているとみるべきだろう」。わがコロナ散歩も午後遅くから夕刻にかけて行われることが多かったので、夕焼け、夕映え、最後の西日といった言葉が『花冠日乗』にしばしばあらわれる。

34

「ランボーの『大洪水の後』」—— 3・11のときもそうだったが、カタストロフィーに直面すると私はいつもランボーのこの詩を思い出す。パリ・コミューン後の秩序の回復を呪って書かれた作品とされるが、旧約聖書中の大洪水神話の壮大なパロディーでもあるこのテクストは、カタストロフィー一般の真実を述べた予言的言説として恐ろしく普遍的でもあると思われるので、ぜひとも全篇を引用しておきたい。

　　大洪水の後

　　大洪水の思念がおさまった直後のことだ、
　　一匹の野兎がいわおうぎと揺れうごく釣鐘草のなかに立ち止まり、蜘蛛の巣を透かして虹に向かって祈りをあげた。
　　おゝ身をかくした宝石よ、——すでに目を見ひらいた花々よ。
　　汚れた大通りでは肉屋の店が立ちならび、人々は版画のように彼方に積み重なる海のほうへ小舟を曳いていった。
　　血が流れた、青髭亭で、——屠場で、——サーカスで、神の印璽が窓を蒼白く染めた。血と牛乳が流れた。
　　ビーバーが巣をつくった。《マザグラン・コーヒー》が居酒屋で湯気をたてた。
　　まだ窓に雨滴が燦く大きな家で、喪服を着た子らが素晴らしいイマージュを眺めた。
　　ドアが鳴った。そして村の広場では少年が腕をふり回した、光り輝く驟雨の下、風見の鶏や四方の鐘楼の鳥と一緒になって。
　　マダム＊＊＊がアルプスにピアノを据えた。ミサと最初の聖体拝領がカテドラルの十万もの祭壇で執りおこなわれた。

キャラバンが出発した。スプレンディッド・ホテルが極地の氷と夜の混沌のなかに建設された。

　以来、月はジャッカルがたちじゃこう草の荒野に吠えるのを聞き、──木靴を履いた牧歌が果樹園にぶつぶつつぶやく声を聞いた。それから紫の樹林、芽を吹く樹林で、ユーカリスが僕に春だと告げた。

　──湧き上がれ、沼よ、──泡よ、逆巻け、橋の上、森を越えて。──黒い布地とオルガンよ、──昇り、逆巻け、──水よ悲しみよ、大洪水を高め、引き起こしてくれ。

　というのは、洪水が引いてからというもの、──おゝ埋もれてゆく宝石よ、目を見ひらいた花々よ！　──それも退屈なこと！　そして女王、土の甕に燠を燃やす魔女は、彼女が知り、僕らの知らないことを、決して語ってくれようとはしないだろう。

（『海外詩文庫 12・ランボー詩集』鈴村和成訳）

　単純なシンタックスの積み重ねで大洪水後の人間の活動と世界の汚濁を記述したあと、突然、今度は命令文を重ねて大洪水の再来を祈願するという転調が印象的だ。祈願の理由が「退屈」だからというのが、いかにもランボー的で恐ろしい。退屈にならないための「世界の秘密」は、「魔女」に握られている。だからそれを「魔女」から奪取しないかぎり、何度でも大洪水を願わざるを得ないのである。聖書のパロディのつもりが、ブーメランのようにおのれに回帰して、かつてのカタストロフィーと来たるべきカタストロフィーとのあいだの「退屈」とは、おのれの詩の行為の限界＝パロディでもあるかのようだ。救いはあるのだろうか。わずかに、水と光とのみずみずしい結合──「身をかくす宝石」「光り輝く驟雨」「紫の樹林、芽を吹く樹林」「泡よ、逆巻け」──が作品を貫いて、イメージの希望（希望のイメージではなく）を伝えているようにもみえる。わが『花冠日乗』もかくありたい。

　「アルクトゥルス」──以前、モロッコのサハラ砂漠で満天の星空を仰いだとき、宇宙空間に放り出されたかのような星の多さに圧倒された。それに比べると東京の星空はあまりに貧しく、眺めることは滅多にない。せいぜい、北斗七星と冬のオリオンと春の大三角を確かめる程度だ。その大三角の一角をなす牛飼座の首星アルクトゥルスは、全天に 21 個ある一等星のひとつで、赤色巨星。地球から 36.7 光年の距離にある。赤色巨星というのは星の老年期にあたるので、老いたる光が、およそ 36 年かけて、

私たちのこの地球に届いているということになる。長いか、短いか。ちなみに、さらに老いているオリオン座の赤色超巨星ベテルギウスは、すでに一生の99.9%を終え、いつ超新星爆発を起こしてもおかしくないとされる。いや、今年に入って減光が観測され、地球からの距離は650光年なので、もうすでに爆発しているかもしれないと、天文マニアのあいだで騒がれた。

IX　さまよひの街のわたくしは

　黄金週間を過ぎても緊急事態宣言は延長され、外出自粛の生活がつづいた。しかし、人々はいつまでもトンネルのなかにいつづけることはできない。出口を模索し始め、あるいはみずから出口を設けて外を覗き始める。緊急事態宣言の解除を求める声が強まり、もとより政府も、休業要請と引き換えの補償など出したくないし、利潤と効率の追求にひたすら奉仕する機関だから、フライング気味に解除を出すだろうことは容易に予想できた。5月中旬、じっさいその通りになったわけだが、私は相変わらず、利潤と効率からもっとも遠いコロナ散歩をつづけ、詩作をつづけた。そのうちにも、街路や緑道や広場や公園や寺社や路地や交差路やこの先行き止まりなどを、私の記憶と感覚以外には何の意味もないことだが、つぎつぎと未知から既知へと塗り替えていった。つまり何度も同じ道を歩くことになったのである。

35
「肉を踊らせたあの騒擾の記憶も」——たとえばデモ。若年の頃、私も何度かデモに参加したことがあるが、そのとき経験されるのは、思想という脳の仕事が、多数の身体の躍動とひとつに結び合わされるということである。まさにそれゆえに、コロナ禍においてデモは封印される。デモは身体を密な状態に置くから、コロナの感染源にもなりかねないというわけだ。ところが5月末、コロナパンデミックのさなかに、アメリカ・ミネソタ州ミネアポリスで、白人警官が黒人青年を殺害するという事件が起こり、それを機に、人種差別に抗議するデモが全米各地やヨーロッパに広がった。ニューヨークで、ロンドンで、パリで、人々の身体が密に集まり、うねった。感染の恐怖

よりも、人間としての尊厳を奪われた怒りの方が上まわったのである。私はそのことに、いいしれぬ感動を覚えた。逆に日本では、やはりコロナ禍のなか、ある政府法案がその邪な理由のゆえに廃案に追い込まれたが、その原動力になったのは、デモではなく、ツイッターを通じての、何百万というハッシュタグ「法案に反対します」の拡散であった。身体を介さない、いわばオンラインデモ。コロナ時代にふさわしいと言えば言えようが、私にとっては、やはり身体の介在が望ましい。

「でも母なる言語だけは残る、残るだろう」——パウル・ツェランがふまえられている。詩とカタストロフィーの関係を考えるとき、結局のところ、いつも定式のように思い浮かべてしまうのは、「ハンザ自由都市ブレーメン文学賞受賞の際の挨拶」でのパウル・ツェランのつぎの有名な言葉なのだ。

　　　　それ、言葉だけが、失われていないものとして残りました。そうです、すべての出来事にもかかわらず。しかしその言葉にしても、みずからのあてどなさの中を、おそるべき沈黙の中を、死をもたらす弁舌の千もの闇の中を来なければなりませんでした。(中略)——しかし言葉はこれらの出来事の中を抜けて来たのです。抜けて来て、ふたたび明るい所に出ることができました——すべての出来事に「豊かにされて」。

（『パウル・ツェラン詩文集』飯吉光夫訳）

36
「さまよひの街のわたくしは」——初出は「短歌往来」2019年12月号。特集「題詠による詩歌句の試み17 街」に寄せた。『さまよひの街のわたくしは』とは、日本語としておかしな語法である。「さまよひ」は、意味内容を汲めば当然「わたくし」にかかるはずなのに、文法的には「街」にかかるとしか読めない。すると街自体がさまよっているという、とんでもないことになって、それも面白いということになる。じっさい、自分が乗っている電車から並行して走る電車を眺めるとき、速度の違いでこちらが止まって向こうだけ走っているようにみえることがあるが、それと同じように、街がさまよい始めるのだ。主客の逆転。4の「たわむれているのは私ではなく道だ」にも通じる。

「ナジャに似た女性」——アンドレ・ブルトンの『ナジャ』は、周知のようにシュル

レアリスムを代表する散文作品の傑作で、ひとりの詩人がひとりの狂気の女ナジャ（「ナジャ」はロシア語で「希望」を意味する語の一部で、いわゆる源氏名）と偶然に出会い、いくたびかデートを重ねてパリの夜をさまよったのち、不意に別れるにいたるまでを、まるで臨床日誌のようにして綴る。私の愛読書でもあり、何度読んでもテクストの謎と魅惑は尽きない。その理由のひとつは、文章が難解、つまりこちらが積極的に頭を働かせないと、たちまち夜のパリのような迷路に引き込まれてしまうということ。もうひとつは、ナジャとの交流を通していわゆる客観的偶然が語られているからで、それはこの『花冠日乗』においても幾たびか現象したかのようだ。すなわち、29に書いたように、『白鯨』を読もうとしたら白鯨整骨院という施設に出くわしてしまったり、また、あとの「XI 非馥郁と」に記すように、「毒のある花冠」からの冠つながりで、無意識のうちに、かつては「丘上の王冠塔」と呼ばれていた駒沢給水塔への道を辿っていたり。

37

「スキャン、発熱のため、スキャン、きれぎれの息のため」——このあたり、新型コロナウイルスの病態が反映されているかもしれない。メディアなどから伝わってくる情報によれば、一般にコロナは、発熱、咳、倦怠感、関節の痛みなど風邪に似た症状から始まり、若年層はこの程度の軽症で済むが、中高年では、やがて呼吸困難など肺炎の症状を呈して重症化し死亡する比率が高まる。

「ふとヒエロニムス・ボスの《快楽の園》の／透明な球体に閉じ込められた裸の男女のことを思う」——初期フランドル派絵画を代表するこの絵はいわゆる三幅対の祭壇画で、左翼パネルから順に、エデンの園、現世の逸楽、そして地獄の責め苦が描かれている。「透明な球体に閉じ込められた裸の男女」は中央パネルに描かれているので、直接の「神の罰」による閉じ込めではないはずだが、このような愛欲過多は、やがて罰せられることになるだろうという予感は感じられる。

「ボクラハ愛シ合ウ、罌粟ト記憶ノヨウニ」——ふたたびパウル・ツェラン。コロナというと、私の場合、なんと言ってもツェランの詩篇「光冠（コロナ）」を思い出してしまうのだ。全行を引用しよう。

　　僕の手のひらから秋はむさぼる、秋の木の葉を——僕らは恋人同志。

僕らは胡桃から時を剝きだし、それに教える、歩み去ることを——
時は殻の中へ舞い戻る。

鏡の中は日曜日。
夢の中でまどろむ眠り。
口は真実を語る。

僕の目は愛するひとの性器に下る——
僕らは見つめあう、
僕らは暗いことを言いあう、
僕らは愛しあう、罌粟と記憶のように、
僕らは眠る、貝のなかの葡萄酒のように、
月の血の光を浴びた海のように。

僕らは抱きあったまま窓の中に立っている、みんなは通りから僕らを見まもる——

知るべき時！
石がやおら咲きほころぶ時、
心がそぞろに高鳴る時。
時となるべき時。

その時。

（飯吉光夫訳）

　読まれる通り、恋愛詩である。ユダヤ系のツェランは、周知のように、肉親を奪われた強制収容所体験を詩作の核に据え、その語り得ないはずの真実を比類のない詩的言語に結晶させたのち、次第に狂気へと傾いて、最後はセーヌ川に投身自殺した詩人である。そんなツェランに恋愛詩があったなんて、私などにはちょっとした驚きだ。ツェランの詩は難解とされるが、この作品もその例に漏れない。タイトルの「光冠」とは、おそらく、皆既日食のときにみられる太陽のまわりの光の輪のことを指しているのだろうが、それが作品内容とどうかかわっているのかが、まずよくわからない。というのも、太陽への言及は本文中に一度も出てこないからである。けれども、もう

一度全体を注意深く見渡してみるなら、まず秋の木の葉が、ついで胡桃、鏡、眠りという閉域的なものが喚起されてゆく。そうした暗く閉ざされたイメージの連鎖の果てに、太陽の不在が、あるいは語られざる蝕が、「憂うつの黒い太陽」が遠望されているのではないか。そしてそのなかに、いやその核心の部分に、「僕ら」の愛の行為も包摂されるかのごとくである。それをうたった第三連は、シュルレアリスム系の愛の詩人エリュアールを思わせるところがあるが、それもそのはず、ツェランはエリュアールへの追悼の詩も書いており、このフランスの先輩詩人に深い敬愛の念を抱いていた。しかしまた、両者のなんというトーンの違いだろう。「僕らは愛しあう、罌粟と記憶のように」——これも難解な詩句だが、「罌粟と記憶」は、あの名高い「死のフーガ」を含むツェランの第一詩集の題名でもあり、したがって、喪の悲しみと忘却とがせめぎあうように、というほどの意味であろう。するとにわかに、「僕らは抱きあったまま窓のなかに立っている、みんなは通りから僕らを見まもる」というフレーズが意味深く浮かび上がるような気がする。ちょうど磨りガラスを通して観測される黒い太陽のように、いまや「僕ら」の愛は、窓越しに見られているのだ。衆人監視のなかでの愛の行為！　だがそのとき、コロナが輝き出す——とは書かれていないけれど、「石がやおら咲きほころぶ時」とは、ほぼそのような事態をさして言っているとみてよいのではないだろうか。けだしコロナは、私たちが眼にする現象のなかでも、光と影とがもっとも激しいコントラストを見せるもののひとつであろう。

X　青よ渡れ

　書いてゆくうちに、テクストにアナロジー網ともいうべき世界の神秘なネットワークが織り成されていることに、ふと気づく。それもまた詩作の喜びのひとつであろう。こうしてこの『花冠日乗』では、まさに青が、毒のある花の青い縁取りから青い花ネモフィラへ、天空の青へ、青あらしへ、カワセミの背の青へと渡ってゆく。
　と書きながら、ふと思うのだが、この青のネットワークが写真家の朝岡さんを悩ませたのではないか。というのも、『花冠日乗』のコラボレーションにおいて、朝岡さんはもっぱらモノクロの強度をもって私の詩に向き合っていると思われたが、そうな

ると、青のネットワークは直接写真としては反映されないということになる。しかし、それで十分なのだと私は思う。モノクロの強度は、闇の深さから光の横溢に至るまで、カラーでは実現できない世界のほんとうの奥行きといったものを『花冠日乗』に与えているのである。「けだしコロナは、私たちが眼にする現象のなかでも、光と影とがもっとも激しいコントラストを見せるもののひとつであろう」と私はツェランの「コロナ」をめぐって書いたが、そのコロナ現象さながらに。

　またこの章では、コロナ禍のなかの社会事象を扱ったルポルタージュ風の記述が目立つ。本来は、いまその喜びにふれた詩的エクリチュールとは相容れないものだが、記録性も織り込みたい『花冠日乗』の一面ではあるだろう。それにしても、いったいなぜ人はコロナを恐れるのだろうか。もちろん未来へと生き延びたいからである。生き延びたいと思わずに、いまこの瞬間瞬間を生きるだけと思い定めたら、コロナなんか怖くはなく、いや、どんなにかコロナから解放されることだろう。

39

「あれだよあれ、とびきりのイメージ／とは欲望である」──舌足らずな言い方だが、詩句として凝縮してしまうと、どうしても修正できないことがある。正確には、イメージへの欲望こそが真正なる欲望である、ということだろうか。「ひとすじの光のような跳躍」をただ見るのではなく、「ひとすじの光のような跳躍」そのものになろうとすること。

「たまさか訪れるかもしれない死への恐怖」──新型コロナウイルス感染症の死亡率はどのくらいなのだろうか。地域や検査数などによってかなり違うので、一概には言えないが、WHO が日々発表している世界の感染者数と死者数から単純計算すれば、だいたい 5% 前後とみていいのではないだろうか。もちろん捕捉できない感染者数をも考慮に入れれば、数値はもっと下がり、1% を切ってしまうかもしれない。年齢による偏差はもっと大きい。若年層では限りなくゼロに近いが、80 歳代では 20% 近くにも達する。しかし考えてみれば、私のような高齢者の場合、癌やら心筋梗塞やら脳卒中やら、ほかにいくらでも死因をもたらす病気はあるわけで、おそらくコロナ感染症よりも、そうした病気に罹る確率のほうが高いだろう。ばかばかしいくらい当たり前のことだが、私たち高齢者はただでさえ死に近いのだ。だからいたずらにコロナを恐れて行動を制限する必要はないということになるが、もちろんそれは冷静に考えた場合の結論というにすぎない。通常私たちは、見るまえに飛ぶのだ。目に見えて差し迫

った危険は、いつ来るかもしれないより大きな危険よりも優先されてしまうのである。

40

「移動してはならない、律動してはならない、眩暈してはならない」——私自身の詩学へのリンク。私の代表的な詩集のひとつ、『風の配分』（水声社、1999）の帯の惹句は「移動、律動、眩暈。」であり、またそれをそっくりタイトルに使って、のちに批評的エッセイ集『移動と律動と眩暈と』（書肆山田、2011）が編まれもした。私の詩学の根本主題を挙げるとすれば、つまるところこの三語ということになる。移動と律動と眩暈を言語表現としてかたちにしようとするアートが詩であり、身体表現としてかたちにしようとするアートがダンスである。したがって、交差配列的に、詩は言葉のダンスであり、ダンスは身体の詩であるという定式が成り立つ、と私は勝手に思っている。それにつけても、コロナ禍でほとんどすべてのダンス公演が中止になってしまったのは残念だった。そうしたなかで、ひとり勅使川原三郎が、マラルメの「三つ折りのソネット」から想を得た「三つ折りの夜」というダンス公演を敢行したのには驚いた。対して、招待されていたのに、万が一の感染を恐れて足を運べなかった私。ごめんなさい、勅使川原さん。

「生まれたこと自体が災厄なら、このコロナも怖くない？……」——初出にはなかった問答パート。「設計ミス」には、「Ⅶ 軟禁ラプソディ」の章で言及したディストピア SF の残響があるかもしれない。

「神田川」——遊歩道が整備された川あるいは元川は、コロナ散歩のエリアでいえば、北から順に、神田川、玉川上水緑道、北沢川緑道、烏山川緑道、蛇崩川緑道。どれもほぼ西から東へと並行している。このうち、神田川を除いて、ほとんどが元川、つまり暗渠となっている。ただし、246 の手前で合流する北沢川緑道と烏山川緑道からは、246 を越えたところで、突然、神田川と同じ都市河川、目黒川があらわれる。

41

「女のうえを青あらしが吹き荒れている」——「青あらし」は私の好きな季語。青葉の頃に吹きわたる風で、繁茂した草木を揺り動かすというイメージがある。「我が生をぬりつぶしたる青嵐」（高浜虚子）。ただ、「青あらし」は漢語「青嵐」を読み下した語なので、「嵐」は「あらし」と平仮名表記したい。

42

「そしてようやくわかった、ひとひとりの終わりは／（……）／石のひかり、蜥蜴の
ひかり、葉むらのひかり／さえずりさえもひかりの楔となって／遠い文字の兆しとな
って」——この 42 を書いているあいだ、私の念頭にあったのは、数年前、知人の案
内で、愛知県津島市に、小説家で詩も書いた稲葉真弓の墓を訪ねたときのことだ。ひ
らかれた本のかたちに墓石が象られ、そこに、「ひかりへの旅」（稲葉さんの最後の詩集
のタイトル）と自筆の文字が刻まれ、その文字に、7 月の強烈な陽の光がただ降りそそ
いでいた。稲葉さんの最後の仕事、それは癌で亡くなる一週間前、自らの墓碑のため
に、自筆で「ひかりへの旅」と書くことだった。墓前で合掌しながら私は思った。
「ひとひとりの終わり」に見える世界は、色を超えた光の横溢になるのではないか。
生きるとは光と影とのくきやかな交錯、と定義されるとして、ひとたびその外に出よ
うとすると、光だけ、光に加うるに光だけ、となるのではないか。

43

「川面のカワセミの背へ」——「風にふるえる、青い花ネモフィラ」同様、ここでも
音韻の連鎖が見られる。「KAWAMo の KAWASEMi の SE へ」。そしてようやく鳥を
登場させることができました、朝岡さん。カワセミは背・腰が美しい空色で、「空飛
ぶ宝石」とも称されるそうだ。

XI　非馥郁と

　5 月中旬、世界では欧米から中南米へ、南アジアへ、アフリカへとコロナパンデミ
ックは拡大の一途を辿っていたが、日本では、少なくともその第一波は、出口が見え
てきていた。同時に、政府の対策が不十分であったにもかかわらず、欧米に比べて日
本の感染者数、とりわけ死者数が少ないのはなぜか、ということが語られるようにな
った。この傾向は日本だけではなく、東アジア全般にもいえることで、実に不思議だ。
　ともあれ、あとわずかの辛抱だと思うと、再開される日常的な生への意欲も湧いて

くる、と同時に、すでに私は、この時間の宙吊りに慣れてしまっているようなところもあって、できればこのままでいたいという不思議なダブルバインドの状態に陥っていた。そうしてさらに、毒のある花冠と馴れ合って、そこから少しでも光明を見出そうとしている私さえいることに、私は気づいた。私にとって詩が住まう場所のひとつである駒沢給水塔への道は、そのようにして開かれた。

　なお、この章につけた小島さんのピアノ曲は、分散和音をクレッシェンド的に反復しつつ、「駒沢給水塔への道」を劇的に盛り上げているかのようで、きわめて印象深い。また、朝岡さんはなんと駒沢給水塔の現地にまで赴いて撮影した。そのとき飛んでいた黒揚羽を写したのが一枚目の写真だという。それが48の「その瓦礫から／黒揚羽が飛び立っていった」に対応しているわけだが、白状してしまえば、私は黒揚羽の飛翔をあくまでも想像しただけであって、その場でじっさいに見たわけではなかった。それがなぜ朝岡さんのカメラへと出現したのか。不思議というほかない。

44
「ひりひりとひかりの繊細なほつれのなかを」──コラボレーションの妙ともいうべき効果がこの一行に出ている。前回、「青よ渡れ」をめぐる私の詩と朝岡さんの写真とのスリリングな渡り合いについて述べたが、朝岡さんのとくに p.108-109 の写真は、青のネットワークを光のテクスチャーに昇華させたのではないかと思えるほどのインパクトがあった。そこから私はこの一行を思いつき、かつまた、それをバトンガールのバトンのように、あるいはカトリックのミサの吊り香炉のように振って、『花冠日乗』の最終ステージを開いていこうと考えた。

45
「非馥郁と」──あるいは西脇順三郎の驚嘆すべき散文詩「馥郁タル火夫ヨ」が想起されていたか。「馥郁と」に「非」をつけたのは、こういう「非」の使い方も面白いなと思ったから。彼は非颯爽とやってきた、とか。

「ヤコブの梯子」──『旧約聖書』の「創世記」28 章において、イスラエルの祖ヤコブが夢に見たとされる梯子。天から地へと引き下ろされ、そこを天使が上り下りしている。転じて、雲の切れ目から太陽光が帯状に伸びてみえる自然現象をもヤコブの梯子という。夕立のあとさきなどによくみられる。

46

「専門家によれば、ワクチンが開発されなければ／人的被害を最小にしつつ、集団としての免疫を獲得していくこと／それしかこの感染症の最終的な収束の道はないらしい」——少なくとも5月頃まではそう言われていた。ところが、疫学的調査が明らかになるにつれて、集団免疫はほとんど絶望的なくらいに難しいことがわかってきた。集団免疫を獲得するためには、人口の6、7割の人が感染していなければならないが、感染爆発を起こしたニューヨーク州で12%、とくにロックダウンなどしないで集団免疫を実現しようとしたスエーデンでも10%にも満たない数字で、東京ではたったの0.1%であった。おまけに、抗体ができても長続きしないという調査結果も中国から出て、集団免疫という選択肢はほぼ消えてしまった感がある。

「豚のスペアリブを買ってきて」——コロナ禍のなか、万が一の感染を恐れて、私はほとんど外食をしなかった。もっとも、緊急事態宣言中は多くのレストランが休業してしまい、食べ歩きしたくてもできなかった。そこで食事はもっぱら家でということになったが、もともと私は料理が好きなので、コロナ散歩から帰ると、嬉々として厨房に入った。和洋中華エスニックなんでも作るが、「ブレゼ」はフランス料理の手法の一つ。なお、ここでのシミリ（「のように」）は、17のノートに書いた類比の創出に近いものかもしれない。

「——設計ミス？　アンドロイドみたいですね。最後に、いつか死ぬことと、いま生きていることと、どちらが確実ですか？……」——「いつか死ぬことと、いま生きていることと、どちらが確実ですか？」という石原吉郎の質問を除き、初出にはなかった問答パート。石原の質問は、相変わらず奇妙である。ふつうに考えれば、いつか死ぬことといま生きていることと、どちらも確実であるに決まっている。対して、私の回答は、ハイデガーを引き写している。すなわち、ハイデガー『存在と時間』第一部第二編「現存在と時間性」を要約すれば、以下のようになるだろうから。「先駆的覚悟性」としての本来的時間性においては、現存在はおのれの「もっとも自己的な、没交渉的な、追い越すことのできない可能性」としての「死」へと「先駆」し、おのれの「既在」を「反復」することによって、そこで開かれる現在の「瞬間」的な状況に「決意」して目を向けるというかたちで、「時間として生起する」。それに対し、非本来的時間性においては、現存在は「将来」を「未だ来ないもの」として漠然と予期し、「既在」を振り返ることなく、つまり「忘却」し、「いま」目の前にあるものにとらわ

れ、それに没頭するという時間の生き方をしている。時間はそのとき、「いま」という眼前存在者の無限の連続として、過ぎゆくもの、移ろいゆくものと見なされがちである。

「タカマガハラマラ、キラキラヒカル、イドボイド」——私の内なるこの奇怪な人物たちの名の由来を順に示そう。タカマガハラマラは、『古事記』の「高天原」をふまえ、同時に、「高天原」には失礼だが、そこからマラ（魔羅）の音韻を取り出して繰り返し、下の名前としたもの。古代に憧れ、かつまた、おのれの好色をおおらかな古代性に帰そうとする邪心が透けてみえる人物だ。キラキラヒカルは、わが敬愛する詩人入沢康夫の詩「キラキラヒカル」そのままだが（この詩は全篇カタカナ書きで、「キラキラヒカルサイフヲダシテキラキラヒカルサカナヲカツタキラキラヒカルオンナモカツタ」と始まる）、ここでは「キラキラ」が姓、「ヒカル」が名と解したい。前世は魚だったかもしれない詩の守護神である。ついでに言えば、いつだったか小説家江國香織が自身の小説のタイトルに借用したことで、この「キラキラヒカル」は、一時的に予想外の大衆性を得た。イドボイドは、イドの音韻の連鎖のうちに、精神分析の用語「イド」と日本語の「井戸」あるいは「異土」の意味複合を、隙間、空隙を意味する英語の「ヴォイド void」に繋げた固有名。さらに、イドとイドを「ぼ」つまり母が繋いでいるとみることもできる。ボイドは母井戸あるいは母異土、母という井戸あるいは異土のことかもしれない。どこまでが姓でどこからが名なのか、もうどうでもいいことだ、というように。イドあるいは井戸のまわりで母の空隙を嘆いているそれ自体空隙である詩的侏儒、それがイドボイドだ。

47

「駒沢給水塔への道」——私にとってこの道は、詩への道というほかない。ひとつには、本文中でもふれたように、2001年、詩人をフィーチャーするCSテレビ番組「Edge　未来をさがす　第一回野村喜和夫」に出演したとき、この駒沢給水塔がロケの場所に選ばれたからである。私はそのときすでに駒沢給水塔の存在を知っていたのだろうか、よく憶えていない。どうもちがうような気がする。どこにロケに行きたいですかと監督の井上春生さんに問われて、都市のなかの廃墟のような場所、と私は所望した。すると井上さんら撮影スタッフのほうで駒沢給水塔を探してきてくれたのではないだろうか。撮影はちょうどこの『花冠日乗』執筆時と同じ陽春の頃に行われた。許可を得て給水塔のまわりの草地をぐるぐる歩きながら、私はカメラの前で詩につい

て語った。詩はこの塔のようなものですね、詩人はそのまわりをぐるぐると回るだけで、中には入れません、永遠の近接の対象であって、到達し合一してしまうことはないかのようです、云々。

　駒沢給水塔への道が詩への道であるもうひとつの理由は、花冠がひそかにアナロジーのように働いて、私をこの塔に導いたからである。案内板を見て私はびっくりしてしまった。塔の頭頂部には突起がぐるりとあり、それぞれに照明球が取り付けられて夜間には点灯する。そこでこの塔は、かつては丘上の王冠塔と呼ばれていたというのである。新型コロナウイルスから駒沢給水塔へ、冠状が連続しているのだ。そこにはひそかに神秘のネットワークが張りめぐらされていたかのようで、世界の無意識のうちに私はそれを辿って、コロナ散歩の終わり近く、この給水塔に辿り着いたということになる。顰蹙を買う言い方をあえてするなら、毒のある花冠に導かれて私は、ふたたび詩を、詩の住む場所を、見出すことができたのである。ただし、「私だけのなつかしい塔／花冠と組み合って、食い潰し合って、とろとろと崩れてゆく／その瓦礫から／黒揚羽が飛び立っていった」と、どんでん返し的なオチを加えた理由は、作者自身にもよくわからない。

XII　ヒヤシンスの紫

　前回の「XI　非馥郁と」に付けた小島さんのピアノ曲は、分散和音がクレッシェンド的に「駒沢給水塔への道」を盛り上げてゆくようで、ドラマティックだった。それを受けて、『花冠日乗』をいつ、どう終わらせるか。「いつ」つまり日付に関しては、5月25日の緊急事態宣言の解除をもって終わりとするのが妥当だろうと思われた。もっとも、このあとも東京では感染者が出つづけ、収束にはほど遠い状態にある。「どう」に関してはむずかしい。クラシック音楽になぞらえるなら、後期マーラー風に縹渺とフェイドアウトしてゆくべきか、古典的な交響曲風に解決された和音をジャンジャン、と響かせるべきか。いや、チャイコフスキー風がいいのではないか。このロシア最大の作曲家は、諸説あるが、一応コレラに罹患して急死したことになっている。そう、感染症つながりだ。チャイコフスキーの最後の交響曲である

第6番「悲愴」は、最終楽章を、通例なら中間楽章に用いられるべきアダージョにしたことで有名である。そこであらためて聴いてみた。その耳が『花冠日乗』のフィナーレにどれだけ役立てられたかはわからない。

49

「夢？　無観客のピアノリサイタルになぜか居合わせている」──実は夢ではなく、6月6日、無観客の中島香ピアノリサイタルにおいて、私の詩「よろこべ午後も脳だ」をテクストにした篠田昌伸のピアノ曲「よろこべ午後も脳だ」の初演が行われた。場所は渋谷区富ヶ谷の白寿ホール。私は関係者としてそこに立ち会ったというわけである。

　ところで、コロナ禍によって、私のような物書きよりもずっと酷い目に遭わされているのが音楽家たちだ。じっさい、この『花冠日乗』が「web ふらんす」に連載されているあいだ、毎回小島ケイタニーラブのピアノ曲もアップされてきたわけだが、それを聴くたびに私は、まさに「無観客のピアノリサイタル」に立ち会っているような気分になったものだ。「痩身のピアニスト」とは、したがってもちろん小島さん自身のこと。ただし、小島さんはパソコンの音楽作成ソフトで曲を作り、ピアノ演奏もプログラミングによるものらしい。ともあれ、一日も早くコロナが去って、白熱したライブやリサイタルやコンサートが復活することを願ってやまない。

「もう薔薇だ、薔薇が咲いてしまっている」──５月の薔薇。地球温暖化のせいか、薔薇の開花も年々早くなっているような気がする。それはともかく、薔薇といえばリルケだ。「薔薇よ、なかばひらかれた本、／幸福を細叙する／そのページの数はあまり多すぎて／読みきれそうにもない。」「一輪の薔薇、それはすべての薔薇、／そしてまたこの薔薇、──物たちの本文に挿入された、／置き換えようのない、完璧な、それでいて／自在なことば」（『リルケ全集2』山崎栄治訳）など。ツェランになると、だいぶ様相は異なってくる。名高い「頌歌」から引くと、

　　ひとつの無で
　　ぼくらはあった、ぼくらはある、ぼくらは
　　ありつづけるだろう、花咲きながら──
　　無の、誰でもないものの
　　薔薇。

魂の透明さを帯びた

花柱、

天の荒漠さを帯びた花粉、

茨の刺の上高く、

おおその上ぼくらが歌った真紅のことばのために赤い

花冠。

（飯吉光夫訳）

　日本近代では、大手拓次が薔薇に狂った。いずれにしても、薔薇は究極の花として詩人たちに扱われ、愛されてきたように思われる。ルネ・シャールの「蛇の健康を祝して」には、「雨を降らせるための一輪の薔薇。かくも長い年月の果てに、それがきみの望み」とある。もっとも、この花の王も、西脇の手にかかると、「ばらといふ字はどうしても／覚えられない書くたびに／字引をひく哀れなる」（『旅人かへらず』11）と諧謔されてしまうのだ。この昭和の大詩人は、薔薇も桜もあまり詩に登場させなかったようで、むしろヤブガラシとか、生垣や路傍にひっそりと息づくフローラに目を向けたのである。

　「杣道でいえば、林間の空地のようなところに出てしまうのだ」——杣道、そして林間の空地とくれば、哲学好きの人ならハイデガーを想起しないわけにはいかないだろう。ハイデガーには、「芸術作品の起源」やリルケを論じた「なんのための詩人か？」などを含む『杣道』という重要な著作があり、また、この大哲学者が好んで用いた語のひとつに lichtung（林間の空き地、開け透き、開かれ）がある。思うにハイデガーは、小暗い森から突然明るい場所に出ることもある杣道に、ありうべき「存在の開け」へと向かう思考の歩みを重ねたのではないだろうか。また、「『ヒューマニズム』について」という論文では、「存在の開け」へと身を開き、そのうちに「出で立つ」あり方、すなわち「脱—存」こそが人間の本質であり、そのような存在の明るみのうちに、言い換えれば「存在の家」としての言葉のうちに、「詩人的に住まう」ことが説かれている。詩人的に住まう！　多くの人にとっては悪い冗談あるいは意味不明のたわごとにしか聞こえないだろうが、逆に言えば、そうした原郷の地平から、私たちはずいぶんと遠くまで来てしまったということになるだろうか。しかし私は、さらに遠くまで歩をすすめて、もはや「詩人的に住まう」しかないのではないかと、大逆転のいまこ

こを夢見ている。たとえばこの『花冠日乗』を通して、コロナ禍のさなかに。

「むき出しの岩になりたや雷雨浴び」——佐藤鬼房の句。読売新聞紙上の長谷川櫂の
コラム「四季」に紹介されていたのを目にとめて。私の解釈はこうだ。炎暑のあとの
夕立。とりあえず雨宿りしたが、ほんとうは雨中に飛び出していって、向こうのあの
岩のように天然のシャワーを浴びたい。落雷を怖がる必要もないし、気持ちよさそう
だなあ、あの「むき出しの岩」。というわけで、私たちの「剝き出しの生」とはだい
ぶ違うけれど。

51

「いつか死ぬことと、いま生きていることと、どちらが確実か、もう一度、自分の言
葉で答えてくれませんか?……」——ほぼ初出と同じ問答パート。私の回答は禅問答
のようで、パラフレーズしがたい。ただ、「ヒヤシンスの紫」は、西脇順三郎なら、
「私の道は九月の正午/紫の畑に尽きた/人間の生涯は/茄子のふくらみに写ってい
る/すべての変化は/茄子から茄子へ移るだけだ」(「茄子」)となるところ。しかし、
ほかにも紫色の花はあるだろうに(たとえば藤、紫陽花)、またヒヤシンスの花の色は紫
だけではなく赤や黄もあるのに、なぜ「ヒヤシンスの紫」なのか。理由はうまく言え
ないが、やはりどうしてもヒヤシンスでなければ詩句が成り立たないのである。風信
子という当て字がいかにも詩的だということは、このさいあまり関係ない。なお、紫
は究極の色というイメージが私にはあって、これもやはり理由はよくわからないが、
マラルメやランボーを読んだせいかもしれないと思う。ドマン版『ステファヌ・マラ
ルメ詩集』の掉尾を飾るソネットに、

> 読み継いだ本も　パフォス　の名に閉じて、
> ただ楽しみに　選んでみる、頼りになるのは　精神ばかり、
> 廃墟を一つ、数限りない　水泡(みなわ)によって　祝福された、
> ヒヤキントスは、彼方に遠く、栄光の日々の　空の色。

(渡辺守章訳)

とある。訳者の注釈によれば、ヒヤシンス色とは、ギリシャの空の「強烈な紫がか
ったブルー」だという。また、ランボーのソネット「母音」は、フランス語の五つの
母音に色をつけるという共感覚的な発想から書かれた詩だが、「A(アー)は黒、E(ウー)は白、I(イー)は

赤、U は緑」、そして「O は青」としたうえで、

O、甲高い奇怪な響きにみちた至高の喇叭、
諸世界と天使たちがよぎる沈黙
──おおオメガ、あの人の眼の紫の光線！

（『ランボオ全詩』粟津則雄訳）

と黙示録的に締めくくられるのである。「紫の」の原文は violet で、violette なら菫となる。この『花冠日乗』のフローラは、したがって紫の菫から始まり（3「しっとりと菫のように咲かせるために」）、紫のヒヤシンスで終わることになる。あるいは、『花冠日乗』に張りめぐらされた青のネットワークは、その果てにおいて究極の紫へと深まることになる。

「雲に夕映えが反射してターナー／の画面のような」──ターナーの代表作《解体されるために最後の停泊地に曳かれてゆく戦艦テメレール号》は、画面右上に黄色を基調とした夕映え、左下に解体される戦艦を描いて、いかにも終末的である。

52
「豪徳寺」──招き猫で有名な世田谷の曹洞宗の名刹。山号は大谿山。言い伝えによれば、江戸時代初期、彦根藩主井伊直孝は、一匹の猫により山門内に招き入れられて雷雨をしのぐことができ、かつ、和尚のありがたい法談を聞くことができたので、そのことを大いに喜び、のちに井伊家の菩提所にした。私もまさにこの寺の付近で雷雨に襲われたのだった。

「世田谷線」──世田谷区の三軒茶屋駅から下高井戸駅まで、ほぼ4分の1円を描くかたちで走っている約5キロのトラム。2両編成のカラフルな車輌が愛らしい。沿線に松陰神社、世田谷代官屋敷、世田谷城址公園、豪徳寺など。環七と交差する踏切には遮断機がなく、つまり電車の方が信号待ちをする仕組みになっているのだが、車を運転する側からすれば、踏切なのに一時停止する必要がない。私も車で初めてこの踏切を通ったとき、はずむような奇妙な解放感をおぼえた。

「崇高ともいうべき、とてつもなく大きなクスノキの近くで」──あとで知ったこと

だが、乗泉寺世田谷別院境内にあるこのクスノキは、世田谷名木選のひとつに選ばれていた。ところでこの数行、虹、崇高、巨木ときて、祈りという言葉こそ出していないが、私はこのとき、祈りのことも少しは考えていたかもしれない。すでに 28 に、「祈りの芽のあわあわと」と書いていた。人間の行為のうちでも祈りは、もっとも無力な、もっとも無意味な、しかしもっとも切実で切迫した、背後にはもう断崖しかないというような、だからこそ何かしら恐ろしく潜勢的なエネルギーを秘めたような、要するにもっとも詩に近い、もっとも美しい行為であると言えよう。

「バッカスの滓かかえ／弥勒のフルフル吹きはらし」——ここでも音韻の連鎖が認められる——と他人事のようだが、書いているときは気づかないことも多い。「バッKASU の KASUKAKA え／み RoKu の HURUHURUHUKi は Ra し」。意味を辿ると、「バッカスの滓かかえ」は、バッカスが酒と舞踊とオルギーの神ディオニュソスのローマ名だから、何かしら酒宴の果ての様子であろうと察しがつくが、「弥勒のフルフル吹きはらし」は、もはや書いている本人にも意味不明。詩はすべからく意味から非意味へと昇華して果てるべきであるという詩学が、根強く私のなかにある。ただ、弥勒とは、釈尊入滅後 56 億 7 千万年の後この世に下生して、釈尊の救いから洩れた衆生をことごとく済度するという未来仏だから、ある意味、メシアの一種と言えるかもしれない。「Ⅷ 光年の雫」の章で繰り返された「ねえメシア」という呼びかけが、遠くここまで響いてきたのだろうか。

著者略歴

野村喜和夫 （のむら・きわお）

1951年、埼玉県出身。早稲田大学第一文学部日本文学科卒業。戦後世代を代表する詩人のひとりとして現代詩の先端を走り続けるとともに、小説・批評・翻訳なども手がける。詩集『特性のない陽のもとに』（思潮社）で歴程新鋭賞、『風の配分』（水声社）で高見順賞、『ニューインスピレーション』（書肆山田）で現代詩花椿賞、『ヌードな日』（思潮社）および『難解な自転車』（書肆山田）で藤村記念歴程賞、『薄明のサウダージ』（書肆山田）で現代詩人賞、評論『移動と律動と眩暈と』（書肆山田）および『萩原朔太郎』（中央公論新社）で鮎川信夫賞、英訳選詩集 Spectacle&Pigsty（Omnidawn）で2012 Best Translated Book Award in Poetry（USA）を受賞。著書はほかに『証言と抒情——詩人石原吉郎と私たち』（白水社）など多数。2020年度から東大駒場の表象文化論コースで詩を講じている。

写真：朝岡英輔 （あさおか・えいすけ）

1980年、大阪府生まれ。埼玉県出身。中央大学理工学部物理学科卒業。松濤スタジオ勤務、写真家・藤代冥砂のアシスタントを経て独立。後藤まりこ、downy、打首獄門同好会、オガワマユ、DOTAMA をはじめとしたミュージシャンや、ポートレートを撮影。2016年、音楽と旅をテーマにした初の風景写真集『it's a cry run.』を上梓。福田若之『自生地』（東京四季出版）、林奕含『房思琪の初恋の楽園』（泉京鹿訳、白水社）、フレデリック・ルノワール『スピノザ　よく生きるための哲学』（田島葉子訳、ポプラ社）、乗代雄介『最高の任務』（講談社）などのカバー写真を担当。

音楽：小島ケイタニーラブ （こじまケイタニーラブ）

1980年、静岡県浜松市出身。早稲田大学第一文学部卒業。2016年、「NHK みんなのうた」に『毛布の日』を書き下ろす。18年、最新アルバム『はるやすみのよる』をリリース。また、若木信吾の映像作品などの音楽も多数制作。2011年から朗読劇『銀河鉄道の夜（with 古川日出男・管啓次郎・柴田元幸）』に出演および音楽監督を担当。13年から、温又柔とともに朗読と演奏のコラボレーション ponto を開始したほか、江國香織やよしもとばななの作品に音楽をつけるなど文学の領域でも多彩な活動を展開。シンガポール、インドネシア、フィンランドなどの国際文芸フェスにも多数参加。20年、初の著書『こちら、苦手レスキューQQQ！』（白水社）を刊行。

協力

楽譜制作補助：小松桃

マスタリング：伊藤豊 （イトウ音楽社）

ピアノ曲は、こちらからも全曲お聴きいただけます。https://www.hakusuisha.co.jp/kakan

本書収録の譜面は、当音源をもとに、2台ピアノによる演奏用として編集したものです。

QRコードは㈱デンソーウェーブの登録商標です。

花冠日乗
かかんにちじょう

2020 年 10 月 20 日　印刷
2020 年 11 月 10 日　発行

著　者　© 野村喜和夫
　　　　© 朝岡英輔
　　　　© 小島ケイタニーラブ

発行者　及川直志

発行所　株式会社白水社
　　　　〒 101-0052
　　　　東京都千代田区神田小川町 3-24
　　　　電話　［営業部］03-3291-7811　［編集部］03-3291-7821
　　　　振替　00190-5-33228
　　　　www.hakusuisha.co.jp

印刷所　株式会社三陽社

製本所　株式会社松岳社

乱丁・落丁本は、送料小社負担にてお取り替えいたします。
ISBN978-4-560-09812-7
Printed in Japan